夜を裂いて、ひとりぼっちの君を見つける。

ユニモン

STARTS
スターツ出版株式会社

目次

夜を裂いて、ひとりぼっちの君を見つける。

一章　夜に咲く

小さい頃は、夜が怖くて仕方がなかった。

『夜になったら、外にはこわいお化けが出るんだぞ。本当だぞ。おれ、何回も会ったことがあるんだからな』

お化けが行列を作って夜の街を歩いている絵を見せながら、お兄ちゃんがそんな脅《おど》しをかけてきたからだ。

当時お兄ちゃんは、『妖怪《ようかい》大辞典』にハマっていた。

まだ三歳だった私は震え上がり、日が落ちたら一歩も外に出なくなった。

それ以降もお兄ちゃんは、〝夜に出歩いたらお化けに出くわして危険な目に遭《あ》いそうになった子ども〟を定期的に私の前で演じた。今思えば圧巻の演技力で、私はお兄ちゃんの思惑どおり夜に怯え続けた。

そんなふうに、お兄ちゃんは昔から私に意地悪だった。

おかげで夜に外食するときは、私だけひとりでお留守番。家族で花火大会に行く日も、ひとり家に残って、花火の音を聞きながら本を読んで過ごした。おばあちゃんの家からの帰りが遅くなったとき、泣き喚《わめ》いて泊めてもらったこともある。

大きくなるにつれ、だんだんとからかわれていたことに気づいたけど、夜が怖いという気持ちは体にしみついて離れてくれなかった。

見えない夜の闇が、いつまでも怖くて。

ようやく夜に外に出られるようになったのは、中学生になってからだ。

だけど高一の今は、怯えるどころか、夜の世界に親しみすら感じている。

――見えない夜の世界では、自分を偽《いつわ》らなくてもいいから。


九月一日の朝が来た。

胃袋の中に鉛《なまり》が沈んでいるみたいに、体が重だるい。

それもこれも、一ヶ月ちょっとあった夏休みのせいだ。

一学期だって学校は憂鬱《ゆううつ》だった。だけど快速列車に乗って通過駅をすぎるように、めくるめく毎日をやり過ごしていたら、いつの間にか終業式を迎えていた。

〝学校に行かなくていい毎日〟が、〝学校に行かないといけない毎日〟のつらさを教えてくれるなんて、皮肉なものだ。

重い体をどうにかベッドから引きずり出し、制服のグレーのスカートを穿《は》く。

白の半袖Yシャツを着て、クローゼット扉の内側にある鏡の前に立った。

背中まで伸びた黒髪に、切れ長の目。

高一にしては少し大人びていると言われるけど、自分ではそんなことわからない。

とにかく、いつ見てもかわいげのないこの顔が嫌いだ。綿あめみたいにふんわりとかわいい、周りを和ませる雰囲気の女の子だったらよかったのに。

鏡の中の私は、ここ最近で一番死んだ目をしていた。

鮮やかなリボンの赤が、暗い表情と対比して痛々しい。

それでも、スクールバッグを持って部屋を出れば、私は今日も、死んだ目に無理やり生気を貼りつける。

階段を下りてリビングに行くと、カウンターキッチンの向こうで、お母さんが食器を洗っていた。肩までの黒髪を後ろでひとつに結んだお母さんは、私とは違って、四十代半《なか》ばにしては若く見えるとよく言われている。

お母さんは私に気づくと暗い表情をスッと消し、蛇口をひねって水を止めた。

「雨月《うづき》、おはよう」

「おはよう、ママ」

「早いわね。新学期だから張りきってるの？」

「ううん。そういうわけじゃないけど、目が覚めたからなんとなく。早く行っても別にすることないんだけどね」

「あらそう。なら、予習しときなさい。予習って、復習よりもずっと効果があるらしいわよ」

「わかった、そうする」

お母さんの提案にうなずき、ダイニングテーブルの椅子に座る。イチゴジャムを添えたパンケーキと、カットしたキウイを乗せたお皿が用意されていた。

「パンケーキだ！　おいしそ～！」

「雨月のために作ったの。パンケーキ、好きでしょ？」

「うん。ママ、ありがとう」

お母さんに笑顔を向け、パンケーキをひと口食べた。

「ん、おいしい」

「よかった。雨月ホイップつけるの好きだけど、切らしててごめんね」

お父さんはすでに仕事に行ったらしく、席には食べ終えたあとのお皿があった。お兄ちゃんの席には、いつもどおり、お盆に載った手をつけていない朝食が置かれている。

「そういえば、塾のテスト、あさってよね？　勉強はかどってる？」

「うん、そこそこ」

「そう。前は少し点が悪かったけど、次は目標の偏差値超えられそう？」

「たぶん大丈夫、心配しないで」

にっこり。笑い慣れているから、表情筋も柔らかい。

掃《は》き出し窓の向こうの空は、澄《す》んだ水色だ。テレビの中のお天気キャスターが、今日は真夏日並みの気温になるからと、熱中症注意を促《うなが》している。

お皿にフォークとナイフが当たる音と、お母さんが食器を洗う音が、清々《すがすが》しい朝のリビングに響《ひび》き渡る。

ごくありふれた、幸せな家庭の、朝の風景だ。

だけど私は、スタジオのキャスターと笑いながらやり取りしているお天気キャスターを見ながら、心がみるみる干上《ひあ》がっていくのを感じていた。

──ああ、しんどい。

私以外にも、この世にいるのだろうか。

幸せなフリして朝食を食べながら、死にたい気持ちに押しつぶされそうになっている高校生が。

ふわふわのパンケーキの食感が口の中を満たしても、重だるい気持ちはまったく消えてくれない。

朝食を食べ終えた私は、いつものように、お兄ちゃんの朝食のお盆を手に取った。

それに気づいたお母さんが、気遣うように声をかけてくる。

「ありがとう、いつも悪いわね」

「気にしないで、たいしたことじゃないから」

ニコッと笑って、お盆を持って階段を上った。私に向けられたお母さんの期待の眼差《まなざ》しが、瞼《まぶた》の裏に残って胸の奥をヒリヒリさせる。

お母さん、目が腫れてた。昨日の夜も泣いたんだろうか。

階段を上って手前が、お父さんとお母さんの部屋。その向かいにある私の部屋の隣《となり》が、お兄ちゃんの部屋だ。

見慣れたダークブラウンの木製のドアを見ただけで、動悸がした。

お兄ちゃんは、二十四時間、ほぼずっとこの中にいる。

お兄ちゃんが高一のときからだ。

ある日突然不登校になったお兄ちゃんは、ほとんど高校に通わないまま中退し、今に至る。

今はもう二十一歳だけど、大学に行っていないし、働いてもいない。

いわゆる、ニートで引きこもりというやつ。

「朝ごはん、置いてるから」

コンと軽くドアをノックし、声をかけて、ドアからすぐ取れる位置にお盆を置く。

いつものように中から返事はないし、期待もしていない。

――ああ。もう、ほんとしんどい。

お兄ちゃんのように、『学校に行きたくない』って言えたらどんなに楽だろう。

だけど、私にそれは許されない。

お兄ちゃんに続いて私までそんなことを言い出したら、今度こそお母さんは壊れてしまう。

お兄ちゃんが引きこもりになってから、お母さんは目に見えて元気をなくした。私の前では明るく振舞《ふるま》おうとしてるけど、ふとした表情の暗さは隠せていない。

しかも、私が第一志望の高校に落ちてから、お母さんはときどき夜中にこっそり泣くようになった。リビングから漏《も》れ聞こえる押し殺したような泣き声を耳にするたびに、私は胸がしめつけられ、消えてしまいたい衝動《しょうどう》に駆《か》られる。

寡黙《かもく》なうえに忙しいお父さんは、お母さんの心を癒《い》やしてくれない。弱ってしまったお母さんを支えられるのは、この世に私しかいないんだ。

だから私は、今日もいい子を演じる。

大学では第一志望のところに受かるよう、勉強を頑張って、いい成績をキープする。お兄ちゃんとは違って、学校生活も順調にいっているフリをして、この家族で唯一、お母さんの料理に『おいしい』って笑顔で反応する。

死にたいなんて気持ち、絶対に、絶対に、表に出しはしない。

一ヶ月ちょっとぶりの最寄り駅。

人の流れに乗って改札を抜け、階段を上ると、代わり映《ば》えのしないホームの景色が広がっていた。

英単語帳に目を落としつつ乗り込んだ電車は、新学期初日のせいか、なかなかの混み具合だ。

人に当たらないように注意しながら、奥へと体を滑《すべ》り込ませ、つり革につかまる。

九月に入ったばかりの今日は、天気予報で言っていたとおり、朝からすでに蒸し暑い。

女子高生たちの絶え間ない話し声、誰かの潜めた息遣い、おじさんの咳払い。そんなものに息苦しさを覚え、空気を求めるように見上げた窓の向こうの空は、やっぱり皮肉なくらい澄んだ水色だった。

遠い空に悠々《ゆうゆう》と浮かぶ白い半月が、せせこましい地上の景色を静かに見下ろしている。

ガタゴトという無慈悲《むじひ》なほどに規則的な音を響かせ、線路を突《つ》き進む電車は、私をまた学校という名の監獄《かんごく》に連れていく。

行きたくない、でも行かないといけない。

苦しい、泣きたい、逃げ出したい。

そんな思いを抱えながらも、やっぱり私は何でもないような顔をして、単語帳に目を落とすのだ。

「おはよ、市ケ谷《いちがや》」

「おはよう」

ふいに、そんな声がした。

いつの間にか、電車が次の駅に停《と》まっている。

私がいる場所からやや距離のある乗車口付近に、男子高校生がふたり立っていた。

水色の半袖シャツにボーダーのネクタイ、紺色《こんいろ》のズボン。K高の人たちだ。

「久しぶり、元気だったか？」

「うん、元気だったよ。お前は？　夏休み、楽しかった？」

「ぜんっぜん！　部活に始まり部活に終わっていっただけだよ。暑くてダルかった記憶しかない」

「うちのサッカー部、かなりきついらしいな。お疲れ」

「ほんと、お疲れだよ。それにしても、お前は相変わらず爽《さわ》やかだな、市ヶ谷。さぞや充実した夏休みを過ごしたんだろう？」

「別に、そんなことないよ。俺も暑くてダルかっただけ」

言葉とは裏腹に、涼しげな笑みを浮かべる市ヶ谷と呼ばれた彼。

いつもこの駅から乗ってくる彼を見るのは、一学期の終業式以来だった。

先ほどまで騒いでいた女子高生たちが、彼を盗み見しながら、ヒソヒソ声で何やら耳打ちし合っている。スマホに目を落としていたおばさんや、汗を拭いていたスーツ姿のおじさんまで、チラチラと視線を送っていた。

白い肌に、サラサラの黒髪、整った横顔のライン。

身長は、百七十センチ半ばくらい。スラリとしていて姿勢がよく、おまけに小顔。

彼は、まるでアイロンし立てのＹシャツみたいに、きれいで清涼感《せいりょうかん》にあふれた高校生だった。

だから誰もが、意識せずにはいられないのだ。

私だってそうだ。高校に入ってからというもの、毎朝彼を意識している。

別に、恋なんて大それたものじゃない。

花や景色に見惚《みと》れるように、つい眺めてしまうだけ。

窮屈《きゅうくつ》な毎日の中で、きれいな彼を意識している時間だけは、ほんの少し嫌なことを忘れていられたから。

煉瓦造《れんがづく》りの瀟洒《しょうしゃ》な英国風の校舎が特徴の女子校にたどり着く。

中高一貫校だけど、私は公立の中学から高校受験で入学した。

偏差値はよくも悪くもないレベル。真面目そうな子からあか抜けた子まで幅広い層がいる。

「佐原《さはら》さん。新学期早々、朝から勉強してるの？」

ザワザワとした女子だらけの朝の教室で、久しぶりの再会に盛り上がっていたクラスメイトの三人グループが、私を見て驚いたように言った。

「うん、ホームルームまでまだ時間あるから」

シャーペンを持つ手を止めて、にっこりと学校用の笑みを浮かべる私。

「さすが佐原さん、真面目」

「やっぱ天才はやること違うよね」

「しかもノートめちゃくちゃきれいじゃん。すご」

口々に褒《ほ》めてくる彼女たち。

だけどすぐに私には興味をなくし、中断した会話の続きをする。

夏に行ったらしいイベントの話で盛り上がる彼女たちの声が、胸に重くのしかかった。

私は天才なんかじゃない。人一倍頑張って勉強をして、どうにか優等生というポジションにしがみついているだけだ。

今度こそ、お母さんをがっかりさせたくないから。

だけどそんなこと、誰も知らない。

私がいつもギリギリの状態だなんて、誰にもわかりっこない。

そして私は今日も、人知れず死にかけの呼吸を繰《く》り返す。

まるで、水辺に打ち上げられた魚のように。

同じ白のYシャツに赤いリボン、グレーのプリーツスカート。同じ靴下《くつした》、同じ上靴《うわぐつ》、同じ机、同じ教科書、同じスクールバッグ。気味が悪いくらいにそろったこの世界に溺《おぼ》れそうになりながら、優等生を懸命《けんめい》に演じきる。

隣の席の椅子をガラッと引く音がした。

「雨月ちゃん、久しぶり！　元気だった～？」

栗色《くりいろ》のゆるふわボブを揺《ゆ》らしながら首をかしげ、私の顔を覗《のぞ》き込んできたのは、友達の芽衣《めい》だった。休み時間のたびにお喋りして移動教室も一緒に行く、学校での私の拠《よ》りどころのような子だ。

「雨月ちゃんに、ずっと会いたかったんだよ。でも塾が忙しいんだろうなって思って、連絡するの我慢してたの！」

「そうだったんだ。私も芽衣に会えてうれしいよ」

わーん、と抱きついてきた芽衣の背中を、優しくポンポンとたたく。

中高一貫のこの学校に、高校から入る生徒は少ない。このクラスの内部進学生は入学早々すでにグループ化していて、スポーツ推薦《すいせん》で高校から入ってきた生徒たちの輪にも入りづらく、残された私と芽衣は、なんとなくの流れで一緒にいるようになった。

芽衣は、人懐っこくて性格も素直で明るい、綿あめみたいにふんわりしたかわいい女の子だ。

好きなものは、癒やし系のキャラクターと、K−POP。いわゆる、私とは正反対のタイプ。

そんな愛されキャラで今どきの女子高生の芽衣に釣《つ》り合うよう、私はいつも必死だった。

お兄ちゃんが引きこもりとか、死にたいと思ってるとか、口が裂《さ》けても言えない。

本当の私を知ったら、芽衣はきっと離れていってしまうから。

勉強はできても、友達がいないと、お母さんが心配する。

それに、学校が今まで以上に息苦しい場所になってしまう。

だから私は、今日も頑張って、芽衣の前で普通の友達を演じる。

たいした悩みもなく、毎日を楽しんでそうな高校生を。

「夏休みどうだった？　雨月ちゃんのことだからずっと勉強してたんでしょ？」

「ううん、そうでもないよ。暇《ひま》なときはずっと寝《ね》てたし」

「寝てたって、なにそれ。おじいちゃんみたい」

クスクスと、鈴が鳴るようにかわいく笑う芽衣。

「芽衣はどうだった、夏休み？」

「え、私？　えーと……」

芽衣は急に歯切れ悪くなり、視線を逸らしてうつむいた。

「その……。実は私、彼氏ができたの」

予想外の方向から飛んできた返事に、私は内心焦《あせ》った。

「ええ、すごい。おめでと！」

友達に彼氏ができたときは、こういう反応で合ってるだろうか？

ドキドキしながら芽衣の表情をうかがうと、恥ずかしそうに笑っていたので、ホッと胸を撫で下ろす。正解かはわからないけど、遠からずといったところみたい。

さっきの三人グループが、会話を止めて、こちらに聞き耳を立てている。

「どこで知り合ったの？」

「中学のとき塾が一緒だったの。ずっと好きで、思いきって告白したら『いいよ』って言ってくれて……へへっ」

照れを隠すようにもじもじしつつも、うれしそうな芽衣。

なんだか芽衣を、いつも以上に遠くに感じてしまう。恋というものをまだ知らない私は、理解できないような、うらやましいような、不思議な気分だった。

「そっかあ。またじっくり話聞かせてね」

「うれしい、聞いて聞いて～！　そうだ。今度、前に言ってたカフェ行こ」

「うん、いいよ」

芽衣に向けられている周りの視線が冷ややかだ。出会いの少ないこの学校の生徒にとって、彼氏ができることは、最高の栄誉《えいよ》なのだ。それが自分以外の誰かに降りかかったのが、面白くないのだろう。

同じ白のYシャツに赤いリボン、グレーのプリーツスカート。同じ靴下、同じ上靴、同じ机、同じ教科書、同じスクールバッグ。気味が悪いくらいにそろったこの世界で、誰だって突出《とっしゅつ》した何かになろうと必死なのだから。

「あ、そうそう！ 雨月ちゃん、これ見て」

すると、芽衣が思い出したようにスマホの画面をスクロールさせてショッピングサイトを見せてきた。

そこには、なんとかっていう名前の、ふわふわした熊のぬいぐるみキーホルダーが映っていた。芽衣は、最近中高生を中心に流行《はや》っているこのキャラクターが大好きで、スマホケースやペンケースなど、持ち物はこのキャラ一色だ。

「昨日見つけたんだけど、このキーホルダー、すっごくかわいくない？ もふもふ感が最高って口コミに書いてあるの。ねえ、おそろいで買おうよ」

「んー。いいよ」

ふわふわ熊キャラなんて自分には絶対似合わないと思うけど、とりあえずうなずいた。

「やったあ。楽しみだなー、雨月ちゃんとおそろいのキーホルダー。彼氏にも自慢《じまん》しよ」

てへへ、と照れたように笑う芽衣。

「また今度、彼氏のこと、雨月ちゃんに紹介《しょうかい》するね」

「うん、楽しみにしてる」

こちらをチラチラ見ながら、ヒソヒソと噂《うわさ》し合っている三人グループに気づきつつも、今日何度目かわからない作り笑いを浮かべる。

その瞬間、胸の奥がぐりっとえぐられる感覚がした。

ニタニタと嘘《うそ》笑いを浮かべる自分が、突然、ものすごく汚れた人間に思えたからだ。

――今すぐに、人目もはばからずに泣き出したい。

――今すぐに、喧噪《けんそう》にあふれたこの教室から消えてしまいたい。

湧き上がるそんな衝動を、音もなくのみ込む。

そして私は、まるで何事もなかったかのように、また優等生で優しい友達のフリを続けた。

午後九時すぎ、塾からの帰り。

一日の疲れが肩にどっとのしかかるのを感じながら、夜の街を歩く。

学校から直接塾に向かったから、まだ制服のままだ。制服を着ていると、いつまでも学校というしがらみに囚われているようで、重苦しい。

片道二車線の大通りに差しかかる。道路を越えて向こう側に渡りたいけど、横断歩道まではけっこう距離があるから、ショートカットのためにいつもどおり陸橋に上った。

早く制服を脱ぎたいけど、あの家には帰りたくない。

だんだん憂鬱になって、陸橋の上で歩く速度がゆっくりになった。

救急車のサイレン音が、遠くもの悲しげに鳴り響いている。

車のヘッドライトに、オレンジ色の道路工事の灯り、店舗看板のネオン。

夜の世界では、今日も色とりどりの光がせわしなく瞬《またた》いていた。真っ黒な夜空には、ポツンと浮かぶ細い三日月。朝、電車の窓から見上げたときは半月に見えたけど、ぼうっとしてたから見間違えたみたい。

陸橋の欄干《らんかん》に両手を乗せ、そんな景色を眺めているうちに、やりきれない思いが込み上げる。

気づけば私は、闇に向かってボソッとつぶやいていた。

「死にたい……」

お母さんを満足させるために朝から夜まで必死に勉強して、学校で孤立しないために嘘笑いを浮かべる。

こんな窮屈な毎日を、永遠に繰り返さないといけないのだろうか。

永遠なんかじゃないって、誰かが否定するかもしれないけど、先が見えないのは永遠と一緒だ。

この終わりのないしがらみの中を、息を潜めて、自分を殺して、私は歩き続けなければならない。

いっそのこと、この闇に溶けて消えてしまえたらどんなに楽だろう。

救いを求めるように、欄干から闇に手を伸ばす。

何もかもをのみ込んでしまう真っ暗な夜の世界だけが、本当の私を受け入れてくれる気がした。

自分を偽りすぎて、本当の自分なんて、もう忘れてしまったけど――。

そのときだった。

グラリと体が傾いて、背筋をゾワッと冷たいものが走る。

「……え？」

片道二車線の道路を車が流れる景色が、ぐんと近づいた。

背伸《せの》びをして思いきり身を乗り出したせいで、足が地面から離れそうになっている。

慌てて手を引っ込めて欄干を持とうとしたけど、間に合わなかった。

──落ちる……っ！

ひゅっと震える息をのみ、目をきつく閉じる。

だけど次の瞬間訪れたのは、想像していた衝撃ではなかった。

体が勢いよく後ろに引っぱられて、ドンッと背中に何かが当たる。落下の恐怖で頭が真っ白だったから、何が起こったか、すぐにはわからなかった。

助かったと自覚できたのは、ようやく息が整い、周りの状況が見えるようになってから。

よく見ると、お腹に人の腕が回されている。

陸橋から落ちそうになったところを、誰かが助けてくれたようだ。

慌てて後ろを振り返る。

捕まえてくれた人にお礼を言おうとした瞬間、心臓が止まりそうになった。

目と鼻の先に、暗闇を背にしたきれいな顔があったから。

水色の半袖シャツに、ボーダーネクタイの制服。

サラサラの黒髪が、夜風に揺らいでいる。

左右均等な一重のアーモンド形の目が、じっと私を見ていた。

そこにいたのは、毎朝電車で見るK高のあの人──市ヶ谷くんだった。

驚きのあまり声にならず、私は置物のように固まってしまう。

——とにかく、お礼を言わなきゃ。

ないそうは思うんだけど、死にかけた恐怖と驚いたのとで、思うように喉が動いてくれない。

震える唇が、無様にパクパクと動いただけだった。

動揺する私とは反対に、彼は落ち着いている。

近くで見ると、遠目で見るよりも、さらに整った顔をしていた。

「死ぬつもりだったの？」

彼が聞いてきた。

我に返った私は、慌ててかぶりを振る。

「そ、そんなつもりじゃ……。ぼうっとしてたら、落ちそうになって……」

どう説明したらいいかわからない。

ふーんと唸《うな》って、彼が私から離れた。

背中に当たっていた温もりが消えて、まるで抱きしめられていたかのような状況に今さらたじろぐ。

「でもさっき、『死にたい』って言ってなかった？」

今度は、全身から血の気が失《う》せていった。

パニックになりそうなのをどうにかこらえる。

死にたいなんて気持ち、自分以外の誰かに悟《さと》られてはいけない。

今まで、懸命に隠してきたんだから。

「……そんなこと、言ってないです」

私はすぐさまはぐらかし、危機的なこの状況をやり過ごそうとした。あなたのほうが聞き間違えたんでしょ？と目で訴えかける。表情を作るのには慣れているから、嘘くささはないだろう。

そんな私に、彼は見透《みす》かすような視線を投げかけた。

「そう？　でも、階段上ってきたときから、今にも死にそうな顔してたよ。なんかヤバそうな人いるなって見てたんだけど」

「え……」

私、そんな変な顔してただろうか。

自分を奮い立たせるように、スカートをぎゅっと握りしめる。

笑わなきゃ、誤魔化《ごまか》さなきゃ。がんばれ、自分。

「それは……塾で疲れてたから、そう見えたんだと思います」

表情を作るのには慣れていると思っていたのに、今は笑顔が引きつっているのがわかる。

目の前にいる彼が、すべてに気づいているような目をしているからだろう。

「ふうん。たしかにこうやって話してみると、死にたそうには見えないね。いい人ぶるのに疲れたってとこ？」

彼のその言葉に、胸がズドンとなった。

あまりにも的中していて、背筋が凍る。

唇を懸命に引き結んで動揺を隠そうとしても、小刻みに震えているのがわかった。

私って、そんなわかりやすい人間だったんだろうか？

いいや、違う。

お母さんも、芽衣も、先生も、クラスメイトも、私が自分を作っていることに気づいていない。私はいつも、理想の自分を完璧に演じているはずだ。

それなのに、今日初めて話した彼に、あっという間に見抜かれてしまうなんて。

だんだん彼が怖くなって、距離を取るように一歩後退した。

「あれ？　もしかして当たり？」

口の端を上げて、意地悪な笑い方をする彼。

恐怖が遠のき、今度は怒《いか》りが込み上げる。赤の他人の彼に、どうしてこんなに馴れ馴れしくされないといけないのだろう？

「……だとしたら、何なんですか」

「別に。思春期って大変だなって思って」

他人事《ひとごと》のように言って、彼はまた意地悪く笑った。

「自分を見失って大変なのはわかるけど。とりあえず〝かわいそうな自分〟に酔うのはやめたら？　自分をかわいそうにしているのは、本当は周りじゃなくて自分自身なんだから」

「なんで、そんなこと……」

私のことを何も知らない彼に言われないといけないのか。

それに何なんだろう、この上から目線。

自分だっておそらく、思春期と呼ばれる年代のくせに。

彼にはたしかに命を救われたけど、無遠慮《ぶえんりょ》に説教される筋合いはない。

返答に詰まりながら彼を見つめる。

私を見返すその瞳は、凍《い》てつく冬の夜みたいに冷ややかだった。

いつも人に嫌われないようにしてきたから、誰かにこんな目を向けられたのは久しぶりだ。

同じ車両に乗るようになって、数ヶ月。今まで抱いていた彼のイメージが、ガラガラと音をたてて崩れていった。

整ったその顔があっという間に苦手なものに変わり、電車の中で毎日のように彼に見惚《みと》れていた自分を恥じる。

——怖い。
心を真っ向から踏みにじってくる、この得体のしれない人間が怖い。
とにかく、今すぐ逃げ出したい。
「——あなたには関係ないじゃない」
どうにか彼を睨《にら》みつけると、踵《きびす》を返して走り出す。
他人にこんなぞんざいな態度をとったのは、いつぶりだろう。
陸橋の階段を走り下り、しばらく行ったところで、おそるおそる後ろを振り返る。
夜空の下に佇む、青い道路標識を掲げた白い陸橋に、もう彼の姿はなかった。
いまだ、心臓がバクバクしている。
——『自分をかわいそうにしているのは、本当は周りじゃなくて自分自身なんだから』
彼の言葉が、胸の奥に沈んで離れない。
何もかもがうまくいかないのは私のせいだと、あの人は言いたいんだろうか？
悔しくて、目に涙が浮かぶ。
すべてを受け入れて明るく前向きに生きろってこと？
たしかに、それができる人もいるだろう。
今の私の悩みを聞いたら、そんなことで死にたいの？と驚く人もいるだろう。

でも、私には無理なんだ。

私に強さを求めるのは間違ってる。できるんだったら、とっくにしてる。

あの人は私のことなんて知りもしないのに、どうしてあんなことが平然と言えるのだろう？

あれほど無神経な人間がこの世にいるなんて信じられない。

うまく言い返せなかった自分が憎い。逃げてしまった自分が嫌い。

夜の歩道を、一目散に走り抜ける。途中通りすぎた一戸建ての家から、家族の笑い声が聞こえてきて、ズタズタの気持ちをよりいっそうみじめにした。

「ハア、ハア……」

息せき切りながら、玄関のドアを開ける。

立ち止まって、なんとかして平常心を取り戻そうとした。

動揺している姿なんて、お母さんには絶対に見せられない。

「あら、雨月。帰ってたの？　おかえりなさい」

「ただいま」

ようやく息が整ってきた頃、リビングからお母さんが顔を覗かせた。

「どうしたの？　そんなところに突っ立って。ご飯あっためるから、早く入ってきなさい」

「今日のご飯なに？」

「ハンバーグ。雨月の好きな大根おろしとポン酢も用意してるわよ」

「わーい、やったあ。先に手洗ってくるね」

バレないように額の汗をぬぐいながら、笑顔を作る。

「塾はどうだった？　わからないところ、ちゃんと先生に質問してる？」

洗面所に向かっていると、背中からお母さんの声がした。

「うん、数学はときどきしてる」

「そう。何度も言ってるけど、勉強は時間をかけるだけじゃ意味ないのよ。わからないところをひとつずつなくしていくことが大事なんだからね」

「うん、わかった」

勉強、勉強、勉強。

どうしてお母さんは、ズタボロになっている私の心に、この期《ご》に及《およ》んで追い打ちをかけるんだろう？

お母さんは、私そのものが大事なわけじゃない。

〝勉強ができて、問題を起こさない子ども〟が大事なんだ。

お兄ちゃんでは無理だったから、私だけでもって期待してるんだ。

自分の親としてのステータスを補正するために……。

また息が苦しくなり、私は早足で洗面所に向かった。

すると、ドアを開けた先で、お兄ちゃんにぶつかりそうになる。

お兄ちゃんを見るのは久しぶりだった。

髪が濡《ぬ》れてるから、お風呂に入ったあとみたい。

きっと何日かぶりのお風呂で、ちょうど洗面所を出るところだったのだろう。

肩近くまで伸びた茶色い髪に、切れ長の目。目元が私と似てるって、小さい頃からよく言われてきた。

口の周りには点々と無精《ぶしょう》ひげが生えている。

突然私が入ってきても、お兄ちゃんはチラリともこちらを見ない。

——現実に向けられることのない、死んだ魚のような目。

そして無言のまま、音もなく私の隣をすり抜けた。

階段を上る後ろ姿は、闇を背負っているみたいにどんよりしている。

私よりずっと背は高いはずなのに、その背中を消えてしまいそうなほど小さく感じた。

——お兄ちゃんの声って、どんなだったっけ？

ふと、そんなことを思う。

もう何年も聞いていないから忘れてしまった。

一日中部屋にこもっているお兄ちゃんは、誰とも話さない。

まるで深海生物みたいに、静かな部屋の中で、ひっそりと息をしている。

そんなお兄ちゃんを心配してた時期もあったけど、今は違う。

私に災《わざわ》いしかもたらさないあの人が、心の底から嫌いだ。

お兄ちゃんのせいで、お母さんは私に過度な期待をするようになって、私は窮屈な毎日を送らなければいけなくなった。そのうえ見ず知らずの人に、上から目線で説教されて、心がズタボロになって……。

すべての元凶は、お兄ちゃんだ。

もう、同じ家の中にいることすら苦痛だ。


翌日も、私は朝からイライラしていた。

何をしても、陸橋で会った彼の顔がちらついて、落ち着かない。

電車もわざと遅らせて、彼に会わないようにした。そのせいで学校に遅刻しかけたけど、あまり気にならなかった。

その、さらに翌日。

午前中の休み時間。ざわめく教室内で、私は英単語を必死に暗記していた。

今日は塾のテストがあるのに、昨日の夜も気持ちが落ち着かなくて、まったく勉強できなかった。

本当に最悪。

「雨月ちゃん、おはよ〜！」

ゆるふわボブを揺らしながら、芽衣が私のところにやって来た。

「おはよ、芽衣」

「また勉強してるの？　えらい！」

芽衣はそう言いながら、前の席の椅子を引くと、私と向かい合って座る。

「ねえねえ、雨月ちゃん、昨日どうして返信くれなかったの？」

ハッとなった。

そういえば、昨日の夜、芽衣からトークアプリにメッセージが来てたんだった。

芽衣はおはようとか、このスタンプがかわいいとか、今日のご飯はこんなのだったとか、しょっちゅうメッセージをくれる。

だけど私は、トークアプリというものが苦手だ。四六時中誰かに支配されているみたいで、ときどきうんざりするからだ。

それでも芽衣に嫌われないように、なるべくすぐ返信してたけど、昨日の夜は後回しにしているうちに忘れてしまっていた。

「ごめん……！　昨日バタバタしてて、返すの忘れてた」

「そっかぁ、大丈夫大丈夫！　こっちこそ忙しいのにごめんね。昨日の夜は彼氏からも既読無視されちゃって、ちょっと落ち込んでたんだ。最近、彼氏から返信がないことがあるの。ひどくない？」

するり、と彼氏の話にすり替えた芽衣。

おそらく既読無視した私を咎《とが》めるつもりはなくて、本当に話したかったのは彼氏についてだったのだろう。ホッと胸を撫で下ろし、芽衣の話に合わせる。

「本当にごめんね。彼氏も、わざと無視してるわけじゃないと思うよ。部活とかで忙しいんじゃない？」

「そうなのかなぁ。でも、美術部だよ」

「文化部でも忙しいところは忙しいって聞くよ。それか、返信とかそんなに気にしないタイプなのかも」

「うん、そっか、そうだよね……。あ、そういえば！」

芽衣が思い出したように顔を明るくし、ぐいっとこちらに身を乗り出してきた。

「彼氏の友達が、女の子紹介してって言ってるらしいんだけど、雨月ちゃんどう？　Y女子の子に興味あるんだって」

「え」

その手の話が苦手な私は尻込んだ。

「その人サッカー部でね、すごく面白くていい人なんだって！　清楚《せいそ》で真面目な子がいいって言ってたから、雨月ちゃんぴったりだと思うんだけどなぁ」

「でも、相手がっかりさせたら悪いし……」

「そんなことないって！　雨月ちゃん、かわいいし。あっ、もしかして好きな人いるの？」

思いがけない芽衣の言葉に、私はたじたじになった。

なぜか脳裏に浮かんだのは、おとついの夜に見た、あの意地悪な笑顔。

だけど私は、大急ぎで彼の残像を頭の中から振り払う。

見た目はよくても、あんなふうに他人の心に土足で踏み込むような人、好きなわけがない。頭に浮かんだだけでも心外だ。

「いないけど……」

「ならちょうどよかった！　考えといて」

「うん、わかった」

結局私は、芽衣のかわいい笑顔にほだされる形でうなずいてしまった。

他人からの頼み事を、いつも受け入れてしまうのが私の悪い癖《くせ》なのだ。

こんなときでも自然と笑顔を作ってしまう自分にうんざりする。

どうしよう、まったく気が進まない。

人を好きになるってどういうこと？　付き合うって何？

彼氏に既読無視されたくらいでヤキモキするなんて、私にしてみれば、自分を窮屈にするしがらみがまたひとつ増えるだけにしか思えない。

これ以上のしがらみなんて、もうごめんだ。


何をしても落ち着かないまま、今日も一日がすぎていく。

頬杖《ほおづえ》をつきながらぼうっと見上げた窓の向こうの空には、白いもこもこの秋の雲が浮かんでいた。

気温は夏と変わりないのに、世界は少しずつ、秋へと移ろっているらしい。

昼の空は嫌いだ。

明るい空の下では、絶えず人の目があって、懸命に自分を演じないといけないから。

真っ暗で見えない夜の世界は、私を人の目から解放してくれる。

早く夜になればいいのに。

叶うなら、この世界が、永遠に夜であって欲しい。


放課後。

「あの、佐原さん。お願いがあるんだけど」

スクールバッグに教科書を入れ、帰り支度《じたく》をしていると、諏訪《すわ》さんというクラスメイトが声をかけてきた。一番目立つグループの中心にいる、黒髪ショートの、あまり話したことのない女子だ。

中学から上がってきた子で、高校入学時、彼女はすでにクラスの人気者だった。明るくて活発で運動神経がいい、私にないものをたくさん持っている人。

「……どうかした？」

「あのね、家のことで急用ができちゃって、今日の体育委員会に出られなくなったの。佐原さん、クラス委員でしょ？ 代わりに出てくれない？」

さも申し訳なさそうに腰を低くしているわりには、どこか高圧的な口ぶり。

私が代わりに委員会に出るのを、当然だと思っているのだろう。クラス委員だからという理不尽な理由で別の委員会に駆り出されたことは、今まで何度かあった。

どうしよう。

塾まではまだ時間があるから、代わりに委員会に出ることはできる。だけどそれまでは学校近くの図書館に行って、塾のテスト勉強に集中する予定だった。昨日の夜、ほとんどできなかったから。

断りたい、だけど断れない。

もしも人気者の諏訪さんに嫌われたら、数珠繋《じゅずつな》ぎ式にクラス中から嫌われるかもしれない。

今まで必死にいい人を演じてきたのが、無駄になってしまう。

「えーと……」

返事をしあぐねていると、ふと、諏訪さんの後ろにいる人たちに気づいた。諏訪さんと一緒のグループの子たちだ。

「どこのカラオケにする？　前行ったとこ？」

「クーポンあるから、今日はここ行かない？　前行ったとこよりちょっと安くなるみたい」

たまにこちらの様子をうかがっている彼女たちは、明らかに諏訪さんを待っている。なんだ、家庭の用事って嘘か。といっても、これもよくあるパターンだ。

だからいつものように自分をぐっと押し殺すと、『いいよ』と答えようとした。

だけど――。

――『自分をかわいそうにしているのは、本当は周りじゃなくて自分自身なんだから』

突然、おとついの夜に聞いた彼の声が、憎たらしいその顔とともに頭の中によみがえる。

「……っ」

とたんにムカッとして、口を固く結んだ。

何かを言いかけて突然やめた私を、諏訪さんが訝《いぶか》しげに見ている。

私は諏訪さんから視線をずらしながら、「ごめんね」と小声で言った。

「今日は私も大事な用事があるから、代われない」

それから机の上のスクールバッグをつかむと、くるりと踵を返す。

怖くて、後ろを振り返ることができなかった。

「どうだった？　代わってもらえた？」

「ええっ、ダメだったの⁉」

教室から出る直前、背中でそんな声を聞く。

おとついの夜に聞いた彼の声に反発するように、衝動的に断ってしまった。

今までは、断るなんて選択肢、自分の中になかったのに。

お母さんが望むように、クラス中の生徒から嫌われないために、すべてを受け入れないといけないと思っていた。

いつもニコニコして、悪口を言わず、頼みごとも断らない人は、誰とでもうまくやっていけるはずだから。

芽衣みたいに器用じゃないから、いい人ぶる以外、学校でうまくやっていく方法がわからなかったんだ。

だから、こんなふうに誰かの頼みごとを断ったのは久しぶり。

慣れないことをしたせいで、いつまでも心臓がドクドクと騒ぎ立てている。

それでも昇降口に向かう足取りは、今までにないほど軽い。

不思議なことに、嫌われてしまったかもという焦りより、解放感のほうが強かった。

窮屈な檻《おり》から、ほんの束の間、飛び出せたような感覚。

上靴からローファーへと履《は》き替えているとき、今さらのように思い出す。

――そういえば私、あの人に、助けてもらったお礼を言ってない。


夜九時すぎ、塾からの帰り。

テストの出来がそう悪くなかった安堵《あんど》から、すっきりした気分で歩いていた私は、陸橋を上ってすぐに足を止めた。

陸橋の真ん中、おとついと同じ場所に、彼がいたからだ。

水色の半袖シャツにボーダーのネクタイ、紺色のズボンの制服。

欄干に両腕を乗せ、暗闇に沈む車道をじっと眺めている。

たしかに、彼にお礼を言わなきゃとは思った。

だけど、まさか本当にまた会えるとは思っていなかった。

私は大きく息を吸い込むと、覚悟を決める。

ていた。


スクールバッグを持つ手を握り直し、彼のほうに近づいた。

物憂《ものう》げに陸橋の下を見つめている彼は、私に気づく様子がない。

ただずっと、ひたすらずっと、車のヘッドライトが流れる夜の景色に目を奪われている。


まるで生き急ぐように、闇の中、一定方向に一定間隔で消えていく白い光。

蛍《ほたる》を連想させるそれは、美しいようでいて、どこか儚《はかな》い。

彼のサラサラの前髪が、夜風にそよいでいる。

濡れた葉のような、甘い花のような、夜の香りがした。

それにしても、こんな夜に、彼は陸橋の真ん中で何をしているんだろう?

一駅先から電車に乗ってくる彼は、この界隈《かいわい》には住んでいないはず。

どうしてわざわざ、こんなところまで来たのだろう?

ひときわ強く吹いた風に呼ばれたかのように、彼がこちらに顔を向けた。

闇によく似た黒い瞳と、ばっちり目が合う。

衝動的に逃げ出したくなった。

だけど命を救われたわけだから、お礼だけは言わなくちゃ。

嫌な顔をされるだろうから、言い終わったらさっさと立ち去ればいい。

「あの――」

「ああ、この間の死にたがり」

私の声を遮って、スッと細められたアーモンド形の目。

挑発するような口ぶりに、また怒りが込み上げる。

怒《おこ》っちゃダメだ。とにかく、お礼だけは言わないと。

「……おとついは、助けてくれてありがとうございました」

早口で言うと、ペコリと頭を下げた。

すぐに踵を返そうとしたけど、予想とは違う面食らった顔が目に飛び込んできて、足が止まる。

「ああ、うん……」

気まずいような沈黙のあと、彼がたどたどしく言った。

「お礼を言われても困るんだけど……。死ぬのを止めて、こっちこそごめん」

「だから、死ぬつもりはなかったんです……！」

この人しつこいな、違うって言ったのに。

死にたいと思っていたのは、事実ではあるけど……。

どうしてこんなにも、彼には腹が立ってばかりなんだろう。

他人の前で自分を演じるのを忘れ、声を荒《あら》らげた私を、彼がキョトンとした顔で見つめる。

それから、すぐにまたあの意地悪な笑い方をした。

「敬語やめろよ、たぶん同じくらいの年だし。その制服、Y女子だろ？　何年生？」

「一年生」

「なら同い年だ。敬語使うの、変だからやめて」

相変わらずそっけない言い方だったけど、おとついとは違って、どことなく親しみを感じた。

戸惑いながらも、私は小さくうなずく。

「……わかった」

「俺も――」

すると彼はすうっと息を吸い込んで、私から視線を外しながら言う。

「この間は言いすぎたって思ってた。先を越されそうになったから、ムカッとしてさ」

「先を越されそうになった？」

言っている意味がわからず、首をかしげる。

「俺、あのとき、ここから飛び下りて死ぬつもりだったんだ」

なんてことない世間話のように、サラリと言う彼。

思いがけないセリフに、目が点になった。

「死ぬって、本気で……？」

とてもじゃないけど、死にたいと思っているような人には見えない。

今までの失礼な態度からして、冗談としか思えなかった。

きっと、からかわれているのだろう。

「自分では本気のつもりだったよ。だけど死にかけている君を見ているうちに、我に返ってやめた」

彼の目が、一瞬だけ暗く陰《かげ》る。直感で、本心なのだとわかった。

私も同じだから。

死にたいって思いはいつも頭にあるけど、それを外にはいっさい出さないようにして生きている。

なんて答えたらいいかわからなくて、しばらくの間、ただ呆然と彼を見つめていた。

「……でも、死のうとした私に説教してなかった？」

今から死のうと思っている人が、普通、説教なんかするだろうか？

「自分でも驚いたんだけど――」

闇色《やみいろ》の瞳に、流れる夜の景色を映しながら、彼が言う。

「――あのとき君にかけた言葉は、死にたがりの自分に言いたかった言葉なんだと思う」

なに、それ。

ポカンとせずにはいられない。

あの言葉に突き動かされて、私は今日、ほんの少し自分を変えることができたのに。

それを言った彼のほうが、重度の死にたがりだったなんて。

「……死にたがりって、人のこと言えないじゃない」

「うん、そう。きっと俺は、本当の意味では死にたくないんだ。この世界に絶望しきれていないんだろう。死にたがりの気持ちをこじらせてるだけで」

気まずさを誤魔化すように鼻をすすりながら、そんなことを言う彼。

まじまじと見つめていると、「何だよ」と不機嫌そうに睨まれた。

まるで拗《す》ねた子どもみたいで、毎朝電車で眺めながら思っていた、〝別次元のきれいな人〟という印象がどこかに弾《はじ》け飛ぶ。

死にたがりという共通点を見つけて、遠い存在だった彼を、急に近くに感じた。

だからといって、今さら仲良くできるはずもないし、仲良くなりたいとも思わない。

ただ、ちゃんと謝ったし、思い残すことは何もないはずなのに、このまま彼のそばを離れたくなかった。

もうしばらくだけ、同じ空間にいたいと思ったんだ。

緩《ゆる》やかな夜風が、陸橋を通り抜けていく。

手持ちぶさたに見上げた真っ黒な空には、三日月が浮かんでいた。

こうやって夜空を仰《あお》ぐのは、いったいいつぶりだろう。

せわしない感情に気を取られてすっかり忘れていた――夜の世界がこんなにも静かだということを。

ふいに彼が言った。

「そうだ、〝死にたがりこじらせ部〟を作らない？」

あまりにも突拍子《とっぴょうし》のないセリフだったから、一瞬、空耳かと思った。

だけど、私を見つめる彼の目は真剣そのもので。

驚くというより、困惑のほうが強くなる。

「……どういうこと？」

「文字どおり、死にたがりをこじらせてる人が集う部活だよ。とりあえずの部員は、俺と君」

なぜか誇《ほこ》らしげに、彼が言う。

「何をする部なの？」

「死にたがり同士で語り合うんだ。死にたがりの自分を大事にできるように」

「死にたがりの自分を大事にできるように……？」

「うん、そう」

死にたがっている時点で、自分を大事になんてできていないと思うんだけど。

彼の言っていることは、矛盾している。

だけど、彼を変とか、からかわれているとかは思わなかった。

むしろ、その発言に興味を持つ。

〝死にたがりの自分を大事にできるように〟というわけのわからない言葉が、どういうわけか心地よくて、微《かす》かな光が見えたような気になったんだ。

「いいよ」

うなずくと、彼がホッとした顔をした。

思った以上に勇気を出して、さっきの提案を口にしたのかもしれない。

「それじゃあルールを話すよ。まずは、この場所で会ったとき、〝今日あったいい出来事〟をひとつだけお互いに報告すること」

「うん、わかった」

「それから、お互い死にたい理由を聞かないこと」

「わかった。他には？」

「他には——」

そこで彼はひと息ついて、どこか遠い目をした。

「どちらかが死んでしまったら、それで解散」

うん、と私はゆっくりうなずく。

残酷ともとれる彼の一言に胸の奥がチクッとしたけど、当然だと思っている自分もいた。

「わかった。で、いつが部活の日？」

「うーん、そうだな。この陸橋はいつ通る？　毎日じゃないよね」

「塾がある、月・水・金だよ」

「じゃあ、部活の日は月・水・金、活動場所はこの陸橋ってことで」

「わかった」

トントン拍子で決まっていく、私たちの部活内容。

これ以上ないほど希望のない部活なのに、なぜか少しワクワクしている自分がいた。

「それじゃあ、さっそく一回目を始めよう。〝今日あったいい出来事〟、何か話してみて？」

先ほどより口調の軽い彼も、なんだかちょっと楽しそう。

「私から？　うーん、いい出来事か……」

陸橋の欄干を見つめながら、すぎ去った一日に思いを巡らせる。塗り替えたばかりなのか、近くで見ると思いのほか塗装《とそう》が新しい。

いつもならどんなに考えても答えが出せそうにない質問だけど、今日は運よく、わりとすぐに答えが見つかる。

「クラスの人に頼まれ事をされたけど、断れたことかな。頼まれたら断れない性格なんだけど、今日は頑張ったと思う」

おとつい君に言われたことを思い出したから、とは言えなかった。

なんだか癪《しゃく》だからだ。

彼がおもしろそうに口角を上げる。

「そっか。やっぱり普段はいい人ぶってるんだね」

「うん、いい人ぶってる」

今度は彼の挑発的な言葉に腹を立てることなく、私は素直にそう答えていた。

彼が目を伏せた。

「俺だって、だいぶ猫かぶってるから一緒だよ」

「うん、知ってる」

電車で見る彼を思い浮かべる。

朝の柔らかな光の中で友達と話をしているときの彼は、清涼感にあふれていて、世の中の淀《よど》んだ部分など何ひとつ知らないような顔をしていた。

だけど私に挑発的な態度をとって、死にたがりを告白した今の彼に、その姿は重ならない。

おそらく、こっちが素の彼なのだろう。

闇に覆われた夜の世界は、人の本性をさらけ出すらしい。

私だってそうだ。愛想笑いをしていない今の自分は、素の姿に近いんだと思う。

「知ってるって、なんでだよ。おとつい初めて会ったのに」

「なんとなく、そう思っただけ」

毎朝同じ車両で会ってることに、彼は気づいていないみたい。

自分だけ彼を意識していたのは予想の範疇《はんちゅう》だったから、傷つきはしなかった。

「今度は君の番だよ。〝今日あったいい出来事〟」

「俺？　俺は……」

私に質問しておきながら、自分の答えを用意していなかったらしく、彼が眉をひそめた。

ひねりだすように首を二、三度かしげたところで、ようやく答えを見つけたらしい。

「ここからの景色が、今日はなんだかいつもよりきれいに見えること、かな」

答えが言えて安心したのか、彼が想像もできなかったほど無邪気《むじゃき》に笑った。

きれいな一重のアーモンド形の目は、普通に笑うとやや目尻が下がるらしい。

思わず見惚れ、慌てて逸らした先には、アスファルトの車道をせわしなく車が行き交《か》ういつもの夜の景色があった。

車のヘッドライトの光と、オレンジ色の飲食店のネオン、信号機の赤や青。

闇に沈んだ世界に色とりどりの星が浮かんでいるみたいで、彼が言うように、今日の景色はほんの少しいつもよりきれいに見える気がする。

うんざりするほど見慣れた、どこにでもあるような、ありふれた街の景色でも。

「それは、わかるかも」

芽衣やクラスメイトといるときなら、気の利《き》いたことが言えない自分をもどかしく思っていたかもしれない。

だけど今は、彼が私のことをどう思おうが、気にならなかった。

もともと最悪な出会い方だったし、彼のほうも、気の利いた返事など求めていないだろう。

死にたがりというのは、自分が相手をどう思うかではなく、相手が自分をどう思うかっていう価値基準で生きているから。

私がそうだから、なんとなくわかるんだ。

どこかで、車のクラクションの音がした。

我に返り、スカートのポケットからスマホを出して確認すると、九時半をすぎている。

遅くなると、お母さんが心配する。ただでさえ疲れているお母さんに、これ以上負担をかけたくない。

一気に現実に引き戻された。

「もう遅いから、帰るね」

私は慌てて帰ろうとした。

だけど数歩進んだところで「待って」と呼び止められる。

振り返ると、さっきと同じ場所から、彼がじっとこちらを見ていた。

「俺、冬夜《とうや》って言うんだ。冬の夜って書いて冬夜」

「……私は雨月。雨に、月」

今さらな自己紹介に恥じらいが込み上げ、すぐにまた彼に背を向けた。

雨月、と私の名前を反芻《はんすう》する彼の声が、背中越しに微かに聞こえる。

たったそれだけのことが、なんだかものすごく恥ずかしい。

バイバイ、またね。

あさってまた会おうね。

そんな常套句《じょうとうく》は、死にたがりをこじらせている私たちには必要ない。

そもそも、〝死にたがりこじらせ部〟なんて提案は気まぐれで、彼とはもうこれきり、会わないかもしれない。

明日は、どちらかが死んでるかもしれない。

そんないつ終わるかわからない、希薄《きはく》な関係だからだ。

階段を下りきったところで立ち止まり、彼のいる方向を見上げる。

いつの間に帰ってしまったのか、青い道路標識を掲げた白い陸橋に、もう彼——冬夜の姿はなかった。


翌朝。

爽やかな挨拶が飛び交いながらも、どこかうんざりした空気の漂う、いつもの教室。

教科書やノートを取り出し、一時間目の英語の準備をしていた私のところに、登校したばかりの芽衣がやってきた。

「雨月ちゃん、聞いて！　彼氏から返信が来たの！　なんか家族のことでゴタゴタしてて、ゆっくり返信する時間がなかったみたい！」

私はいつもどおり、芽衣の前で、人のいい友達のフリをする。

「そうなんだ！　よかったね」

「そうなの～。ホッとした～！」

笑顔を見せながら、私の席に無理やり座ってくる芽衣。

ひとつの椅子にふたりで座るにはそれなりの配分を考えないといけないから、私は何も言わずに、お尻を少しずらしてあげた。

「そうだ、これ。買ったの！」

そう言って芽衣が見せてきたのは、スクールバッグにつけている、流行りのふわふわ熊キャラのキーホルダーだった。ちょうど芽衣の手のひらぐらいの大きさで、キーホルダーにしては大きい。たしかこの間、おそろいで買おうって言ってたやつだ。

「かわいいね。ピンクって、芽衣にぴったり」

「でしょでしょ？」

すると芽衣が、ニコニコと含《ふく》んだような笑みを浮かべて、バッグから色違いのキーホルダーを取り出す。

「そして、じゃーん！　これ、雨月ちゃんにプレゼント！」

驚いた私は、慌てて両手をブンブン振った。

「ええっ、いいよ！　なんか悪いし」

「いいから貰《もら》って！　雨月ちゃんのは青にしたの。雨月ちゃん、青って雰囲気だから。遠慮しないでいいからね！」

熊キーホルダーを、半ば無理やり握らされる。

ふわふわの毛の中に、小さな黒い目とピンクの鼻がついている、かわいらしさ全開の熊。

自分が青って雰囲気なのかはわからないけど、青は嫌いじゃない。ただ、こんなもふもふしたかわいい系の物が、自分に似合うとは到底思えない。

だけどさすがに断れる雰囲気じゃなくて、腹をくくった。

「ありがとう。でも、お金は払うね。いくらだった?」

「お金はいいの! 雨月ちゃん、夏休みが誕生日だったでしょ? 誕生日プレゼントだと思ってくれたらいいから!」

「でも――」

「貰ってくれないと悲しいよ……」

ぐすん、と芽衣が鼻をすする。

結局、私は芽衣の押しに負け、ふわふわ熊のキーホルダーをプレゼントされることになった。

「貸して。バッグにつけてあげる」

私のスクールバッグにつけられた、芽衣と色違いのキーホルダー。

おそろいの物を持っているだけで、自分の体の一部を他人に支配されたみたいで、なんだか落ち着かない。

しがらみがひとつ増えて、自由をよりいっそう阻害《そがい》されてしまったとしか思えない。

それなのに。

「雨月ちゃんとおそろだー。わーい、うれしい!」

芽衣は心からうれしそうにしていて、私たちは釣り合っていないんだと再認識した。
悪いのは芽衣じゃない、私だ。
みんなと一緒っていうのは、安心することで、それが普通の感覚なんだろう。
自分がますます欠落品に思えて、また息苦しくなってくる。
そしてどういうわけか、死にたがりをこじらせている彼に、無性に会いたくなった。

〝死にたがりこじらせ部〟を発足《ほっそく》してから、私は塾のある日は必ず、あの陸橋で冬夜と会うようになった。
私たちが報告し合う〝今日あったいい出来事〟は、本当に些細《ささい》な内容だった。
――『今日はいい天気だった』
――『お弁当にエビフライが入ってた』
――『壊れたと思ってたシャーペンが使えた』
――『髪の跳ね具合がいい感じだった』
くだらない、どうでもいいような、日常のことばかり。
だけど普段は意識していないささやかな幸せを、そうやって言葉にするだけで、息苦しいだけの毎日が少しだけいいものに思えてくるから不思議だ。
「朝ごはん、持っていくね」

「いつもありがとう、助かるわ」

ある朝、私はいつものように、朝食を持ってお兄ちゃんの部屋に向かった。

お母さんの目、また腫れてた。

昨日の夜も、こっそり泣いたんだろう。

塾のテストの結果、悪くなかったのにな……。

どんなに私が努力しても、この家の重苦しさは消えない。

こんな落胆を何年も繰り返していて、もう本当に嫌になる。

だけど私は、前ほど死にたいとは思わなくなっていた。

「朝ごはん、ここに置いとくね」

ドア越しにお兄ちゃんに声をかけ、廊下にコトリとお盆を置く。ちょうどいい焼け具合のトーストに、キウイとヨーグルト、それからアイスコーヒー。もちろん、ドアの向こうから返事はない。

やっぱり、前ほどみじめな気持ちにならなかった。

別に、劇的な何かがあったわけじゃない。

ただ、塾帰りに自分と同じような死にたがりの男の子に会って、ほんのひととき一緒に過ごしてるってだけ。

それでも、たったそれだけのことで、私の普遍的ながんじがらめの世界が、少しずつ形を変えようとしていた。

〝死にたがりこじらせ部〟。

冬夜は、奇妙な私たちの繋がりにそう名前をつけた。

〝死にたがり部〟にしなかったのは、お互い、本当の意味では死にたがりではないからだ。

死にたいけど、死ぬ勇気はない。

この世界にも何か希望があるんじゃないかと、心のどこかで期待している。

今にして思えば、冬夜はたぶん、死にたがりの自分を変えたかったんじゃないだろうか。

私という赤の他人の、似た者同士を道づれにして。

三六〇度、見渡す限り真っ暗な夜の世界で、微かな光を求めるように――。

二章　夜の温もり

【冬夜side】


窓から降り注ぐ爽やかな光とは対照的な、うだるような空気の朝の電車。

いつもの車両に乗ると、入ってすぐのところに一輝《かずき》がいて、ニカッと笑顔を向けてきた。

「おはよ、市ヶ谷」

「おはよう」

茶色い短髪に、俺よりも少し高い身長。サッカー部の一輝は、夏休みも練習に励んでいたらしく、こんがりと日焼けしている。

「あ〜、一時間目の数学の小テスト、マジやばい。何もやってねえ。どうせお前はまた完璧なんだろ？」

「どうだろうな」

いつものように笑って一輝の話を受け流す。

「お前はサッカー部だから、勉強の時間ないし、できなくてもしょうがないよ。その点で俺は暇だからさ」

「ゆるい部活だったとしても、俺はお前みたいにいい点ばっかりとる自信ないけどな。

それにしても、お前は今日も爽やかだな～」

そう言って目を細め、俺に羨望《せんぼう》の眼差しを向けてくる一輝。

一輝とは、中学からの仲だ。

俺と一輝の家はそこそこ離れていて、本来は校区が異なる。

だけど校区の中学にサッカー部がないからという理由で、一輝は俺と同じ中学に通っていた。

思えば一輝は、出会った頃から、俺をこんなふうに見ていた。

――『お前、かっこいいな』

――『勉強できてうらやましいよ』

――『お前を嫌いな人間なんかいるの？』

笑顔の裏で、俺が今日も息苦しさに耐えていることに、一輝は気づきもしない。

「ていうか、この間期末終わったばかりなのに、あと一ヶ月したら中間かよ。テストテストで嫌になるな」

うんざりしたようにため息をつく一輝。

周りにいる女子高生たちが、ヒソヒソ声で何かを話している。K高にY女子にS学院の制服。この路線沿いには学校が多いから、学生服があふれ返っている。

一輝のことは嫌いじゃない。

明るさとまっすぐさは俺にはないもので、憧れてさえいる。

「俺も、ときどきそう思うよ」

「ときどきって！　俺なんて毎日思ってるよ。勉強漬《づ》けにして、大人は俺たちをどうしたいんだろうな？　もしも明日死んだらどうするんだよ。俺、楽しくもない勉強ばっかりで一生終えちゃうじゃん。まあ、言うほど勉強なんてしてねーけど」

悲痛な顔でまくし立てる一輝。

「ほんとそうだよな」と俺は相槌を打った。

『明日死んだらどうするんだよ』という一輝の言葉が胸に引っかかる。

俺は、一輝ほど死への恐怖がない。

明日死んだらそれまでだ――そんなふうに思っていた。

実際、何もかもが嫌になって、夜の陸橋から飛び下りたくなったこともある。

だけどあのとき思いがけない出会いがあって、それ以来、俺の中で何かが変わりつつあった。


俺の行っている高校は、公立の共学校だ。校舎の写真を見せたら、五人中四人が『うちの学校かも』って答えるような、ありふれた高校。

同じ水色のYシャツに同じボーダーのネクタイをつけた俺たちは、今日も同じ黒板を見て、同じ教科書を広げ、同じようにシャーペンを握る。

　決まりごとで埋め尽くされたこの世界から、少しでもはみ出したら、居場所を失う
から。

　そうならないように、暗い湖のような学校という空間の中で、先生の声に耳を傾け、
周りに目を配り、息を潜めて窮屈な一日をやり過ごすのだ。

「ちょっと難しい問題ですが、解ける人いますか？　いないなら、今日の日直の市ヶ
谷くん、前に出てきてください」

　数学の時間。

　理不尽な理由で先生に当てられた俺は、しぶしぶ立ち上がり、黒板に向かった。

　少し考えてから、その余弦《よげん》定理の応用問題の答えを黒板に書く。

　三十代前半の眼鏡をかけた男の先生が、オーバーなくらい大きくうなずいた。

「うん、合ってます。式も完璧ですね」

　おお～、というどよめきが教室中に湧いた。

「すごーい、天才！」

「何書いてんのか全然わかんないんだけど」

「お前、それはヤバいって！　俺でもちょっとくらいわかるぞ！」

　ざわめきの中自分の席に戻った俺は、いつものようにすまし顔を浮かべた。

うわべだけの笑いなんて慣れているから、表情筋もスムーズに動いてくれる。

「市ヶ谷くん、今度勉強教えてくれないか？　僕、今回の数学のところ、全然わからないんだ」

前の席の男子が、オドオドと俺に懇願《こんがん》してくる。

小太りでおとなしい彼は、クラスの人間とほとんど話さないのに、いつからか俺にだけは話しかけてくるようになった。

「いいよ。次の休み時間でいい？」

俺はもちろん、笑顔でそう答える。

「本当？　助かるよ」

彼が、照れたように頭の後ろを掻いて笑った。

窓の向こうは、夏の名残《なごり》を残した、澄んだ水色の空。

昼は嫌いだ。

まぶしい光で、どす黒い俺の心が透けて見えてしまうんじゃないかと不安になるから。

いつからだろう？　優等生のフリをして、誰にでもいい顔をするようになったのは。

中学、いや、もっと前かもしれない。

孤独、嫉妬、劣等感。

そんなドロドロとした感情にまみれた自分の本性に気づいたとき、何層も上塗《うわぬ》りしてでも隠さないといけないと思った。

家に、俺の居場所はない。

だからせめて、学校には自分の居場所が欲しかった。

たとえそれが、まやかしだったとしても。


夕方。

物音を立てないようにして家に入り、スニーカーを脱ぐ。

玄関には、見慣れない小さめのスニーカーが散乱していた。

小五になる弟の宵《しょう》の友達が来ているようだ。

手を洗うために洗面所に向かう途中、ジュースとお菓子の載ったお盆を手にした恵《え》里《り》さんと鉢合《はちあ》わせた。

恵里さんは、俺の戸籍上の母親だ。

きれいに巻かれたロングヘアに、薄《うす》ピンクのカーディガン、ベージュのタイトスカート。どう見ても高校生の子どもがいるようには見えない若々しい格好の恵里さんは、俺と目が合うとあからさまに気まずそうな顔をした。

俺も、ふいっとそっぽを向く。

重い空気の中、洗面所に入り、黙々と手を洗った。

トントン……と恵里さんが階段を上る音を、背中で聞く。

恵里さんが宵の部屋のドアを開けた一瞬だけ、ああだこうだと言い合っている子どもたちの声が、大きく響いた。

恵里さんとは、もう久しく話をしていない。

父さんともだ。この家で俺に話しかけてくるのは、宵だけ。

俺の家族は普通じゃない。

いいや、その言い方には語弊《ごへい》がある。

家族の中で、俺だけが異常なんだ。

俺の本当の母さんは、俺が小さい頃に亡《な》くなった。そのあと父さんは恵里さんと再婚して、宵が生まれた。

父さんと恵里さんと宵は、正真正銘の家族だ。だけど恵里さんと血の繋がらない俺は、この家で明らかに浮いている。半分しか血が繋がっていないのに俺と宵がよく似ているのは、皮肉としか思えない。

小学生の頃は、多少の気は遣っても、そこまで深くは考えていなかった。

居心地の悪さを感じるようになったのは、自分の家庭の異常さに気づいた中学生の頃だ。

恵里さんの電話を、廊下でたまたま立ち聞きしたのがきっかけだった。

『うん、うまくいってるわ。宵も元気に育ってる』

リビングの端で、こちらに背中を向けた恵里さんが、うん、うん、と相手からの声にうなずいていた。

俺の前では出さないリラックスした声。友達とでも話しているのだろう。

『うーん、やっぱりどこかぎこちないっていうか』

恵里さんの声がトーンダウンした。

『やっぱりどう頑張っても、自分の子どもには思えないのよね。ええ、努力はしてるわ。でもあの子、なんだか他人行儀で、いつまでたっても懐《なつ》いてくれないのよ。正直あの子がいなくて家族三人のときはホッとしてる』

恵里さんが声を潜めて言う。

心臓に亀裂《きれつ》が入ったかと思った。

〝あの子〟とは、おそらく俺のことだろう。

俺の態度を恵里さんが他人行儀に感じている云々《うんぬん》よりも、〝家族三人で〟という当たり前のように飛び出した言葉が、頭の中で反響する。

家族三人――その中に俺はカウントされていない。

つまり恵里さんにとって、俺はただの厄介な同居人にすぎないということだ。

自分なりに家族になる努力をしてきたつもりだったけど、俺は必要とされていなかったらしい。

恵里さんの言葉の刃《やいば》は徐々に俺をむしばみ、あとには粉々になった心だけが残される。

それ以来、俺は恵里さんとも父さんとも口を利かなくなった。

ふたりとも、俺の態度が急変したのをとやかくは言ってこなかった。

どうせ反抗期だろう、面倒事を増やしたくない――そんなふうに思っていたんじゃないだろうか。恵里さんに至っては、家族の団らんの場に俺が姿を現さなくなって、ホッとしているようにすら見えた。

『あらー、宵、上手に描けたわね！』

『これなら先生に褒められるのも納得だな』

『ほんと？　僕、すごい？』

『すごい、すごい！　よく頑張ったわね』

風呂に入るとき、洗面所に行くとき。廊下を通るたびにリビングから聞こえる明るい家族の団らんの声に、砕けた心がまた掻きむしられる。

この家は、父さんが恵里さんと再婚したときに建てた、４ＬＤＫのファミリー向けの戸建てだ。

カウンターキッチンにウォークインクローゼット、『明るい環境で宵をのびのび育てたい』という恵里さんの希望を反映した、芝生の庭に面したテラスもある。

思えば、ハナからこの家に俺の居場所はなかった。

自分がこの世で一番惨めな存在に思えてくる。

恵里さんが階段を下り、リビングに戻った物音を確認してから、俺は洗面所を出て二階に上がった。

「そこそこ、ジャンプ！」

「下手くそ！　俺に貸せよ！」

騒々しい小学生男子の声をドア越しに耳にしながら、向かいの自分の部屋に入る。

勉強机、本棚、パイプベッド。

簡素で味気ない部屋の中、脱力したようにベッドに横になった。

「あー、今日も疲れたな……」

白い天井を眺めながら、ため息を漏らす。

壁掛け時計は、夕方五時を指していた。

夜九時まで、あと四時間。

最近、この時間になると、無意識にこんな計算をするようになった。

今日はあの子――雨月に会える日だ。

抜け殻のような心に淡い期待を抱きながら、俺は彼女と出会った日のことにぼんやり思いを馳《は》せた。

初めて雨月を見たのは、新学期が始まったばかりの九月一日の夜だった。

その夜俺は、今までにないほど絶望的な気分だった。

俺にとって家は、この世で一番窮屈なところだ。

だから長い夏休みが終わり、ようやく家から解放され、朝まではホッとしていた。

それなのに、学校で久々に愛想をふりまく自分に、反吐《へど》が出そうなほど嫌気が差したのだ。

——何やってるんだ、俺。

優等生で爽やかキャラの俺。本当は誰よりも嫉妬深く、劣等感にまみれているのに、気持ちわる。

……なんかもう、すごく疲れた。

そんな思いがむくむくと膨《ふく》れ上がって、消えたい気持ちが最高潮に達した。

午後九時。

あの陸橋に行き、いつものように遠くに見えるマンションの明かりを眺めていたとき、ふと目の前に広がる闇に飛び込みたくなった。

ひとりの人間が自ら命を絶ったことに、世間は衝撃を受け、最初は哀れむかもしれない。

だけど騒ぎはやがて風化して、俺という人間が存在したことなど、人々の記憶の片隅にも残らなくなるだろう。

秋の風が吹く頃になれば、いつしか思い出せなくなる、夏の風の香りのように。

人間なんて、必ずいつかは消えてなくなるのだから。

遅いか早いか、それだけの話だ。

闇に浮かぶ、車のヘッドライトと、色とりどりのネオン。

まるで星屑《ほしくず》のように煌《きら》めくそれらに『こっちにおいでよ』と誘われているような気がして、俺は欄干に手をかけた。

だけどそのとき、足音が聞こえてハッとなる。

陸橋の階段を上ってくる人影が見えた。

──闇に、花が咲いたのかと思った。

それは、闇が深いせいで、彼女の色の白さが際立って見えたからだった。

実際は、青白いという表現のほうが合っているかもしれない。

それくらい彼女は顔色をなくしていて、制服のリボンの赤色が滑稽《こっけい》に感じるほど、弱々しく見えた。

あれはたしか、Y女子の制服だ。

おぼつかない足取りで欄干に手をかけた彼女は、隣に俺がいるというのに、気づく様子がない。吸い込まれるように、じっと、ただひたすらじっと、夜の道路を見下ろしている。

『死にたい……』

その言葉を耳にしたとき、ドクンと胸が鳴った。

俺の気持ちを、彼女が代弁したかのように思えたからだ。

闇に向かって手を伸ばし、身を乗り出す彼女。

あっと思った時には、彼女の足は今にも地面から離れそうになっていた。

ひやりと、背筋に冷たいものが走る。

死と直面している彼女の姿を目の当《ま》たりにして、寒気がするほどの恐怖心が込み上げた。

今まさにこの瞬間、彼女の人生が終わろうとしている。

風船を針で刺したときみたいに、パチンと、一瞬で消えようとしている。

きっとこのまますべてが弾け飛んで、彼女の楽しかった思い出も、つらかった思い出も、大事な思い出も、なにもかもが跡形《あとかた》もなく消滅するのだろう。

あとには、彼女という人間の消えた世界が残されるだけ。

停まった車は、やがてまた動き出すだろう。彼女のいなくなった教室も、いつもどおり退屈な時を刻んでいく。まるでもともと、彼女なんていなかったかのように。

――なんて虚しい現象だろう。

他人事とは思えなかった。そしてどういうわけか、胸の奥から沸々《ふつふつ》と怒りが込み上げた。

何があったか知らない。

だけど結局のところ、彼女にとどめを刺したのは、彼女自身なんだ。

俺だってそうだ――自分で自分を追い込んで、消えたがっている。

まるで自分を見ているようで震えた。

次の瞬間、俺は彼女の腰に両腕を回し、欄干から引き離していた。

彼女の背中が、体に密着する。

サラサラの黒髪から、甘い花のような香りがふわりと鼻先に漂った。

振り返った彼女が、目を見開く。

知らない子だったけど、なぜか、遠い昔から知っていたような気もした。

俺の腕の中で、華奢《きゃしゃ》な体が小刻みに震えている。

『死ぬつもりだったの？』

『そ、そんなつもりじゃ……。ぼうっとしてたら、落ちそうになって……』

カタカタ……と体を揺らしながら、彼女が言う。

親近感のような嫌悪感のような気持ちが、胸の中に渦巻《うずま》く。

こんな煮えきらない感情を誰かに対して抱いたのは、初めてだった。

それはたぶん、彼女があまりにも自分に似ていたからだろう。

今夜この場所で死のうとしたところから、にもかかわらず、往生際悪く死に対して恐怖を抱いているところまで。

気づけば俺は、自分でも思いもしなかったほど、彼女に挑発的な態度をとっていた。

『ふうん。たしかにこうやって話してみると、死にたそうには見えないね。いい人ぶるのに疲れたってとこ？』

凍りついた彼女の顔は、肯定を意味していた。

何もかもが似すぎていて、うんざりする。だけど心のどこかで、同類がいたことにホッとしてもいた。

俺はその後も、自分でも驚くほど、彼女に尊大な態度を取り続けた。

彼女の顔が、戸惑いと嫌悪で歪《ゆが》んでいく。

他人にこんな目を向けられたのはいつぶりだろう？

予想もしていなかった充実感が、胸を駆け巡る。

『——あなたには関係ないじゃない』

最後に彼女は、眼差しいっぱいに俺への怒りを滲ませて、逃げるように階段を駆け下りていった。

ちょっと、言いすぎたかな。

今さらな後悔が胸に押し寄せたけど、もう遅い。

ドクドクといつになく昂《たかぶ》っている胸に手を当て、うつむく。

次に視線を上げたとき、彼女の姿はもう見えなくなっていた。

あっという間に角を曲がり、路地に入ってしまったのだろう。

〝死にたがりこじらせ部〟――そんな奇妙な提案を雨月に持ちかけたのは、今にして思えば、何の接点もない彼女と、強引にでも繋がりが欲しかったからなんだと思う。

死にたい。

でも、死ねないから生きている。

そんな日々の葛藤《かっとう》を、彼女と共有したかった。

自分に似た彼女の存在を隣に感じて、ひとりじゃないと思いたかった。

雨月は俺のこの奇妙な提案を受け入れ、約束どおり、塾帰りには必ず陸橋にいる俺のところに来てくれた。

『やあ』とか『こんばんは』なんて挨拶は、俺たちには必要ない。

彼女が黙って俺の隣に並んだら、『じゃあ、今日は俺から』といったふうに、さっそく〝今日あったいい出来事〟を話し始める。

〝今日あったいい出来事〟を互いに話すというのは、正直ただの思いつきでしかない。

深い意味なんてなかったけど、どうせ互いに報告し合うなら、嫌なことよりいいことのほうがいいと思っただけだ。嫌なことなんて、俺の日常には――たぶん彼女の日常にも、ごまんとあふれているのだから。

夕暮れのひとりぼっちの部屋で、雨月のことをとりとめもなく考える。

彼女の触り心地のよさそうな髪が、夜風にサラサラとなびいているのを思い出す。

うすうす気づいていた。

雨月といるとき、俺は孤独も息苦しさも忘れていられた。

逃《のが》れられない闇の中をひとりさまよい続けている俺にとって、それは唯一の安らぎの時間だった。

九月上旬の気候は、夏とそれほど変わりがない。

それなのに吹く風にはたしかに秋の香りが混ざっていて、じわじわともの悲しさを感じる。

午後九時すぎ。

俺はいつものように、陸橋の真ん中で、遠くに見えるマンションを見つめていた。昭和に建てられたであろう、古ぼけた七階建てマンションの五階。

自分の居場所を求めてさまよい、打ちひしがれたとき、俺は必ずここでこうやってその場所を眺めることにしていた。

夜に来るのは、窓明かりが見たいからだ。それに、夕食後の恵里さんと宵の楽しそうな声を、聞いていたくないからでもある。

「そんなに一生懸命、いつも何見てるの？」

欄干の上で重ねた両手に顎を預け、ぼんやりとしていた俺は、急に聞こえた声に飛び跳ねそうになる。いつの間にか隣に雨月がいて、不思議そうに俺の顔を覗き込んでいた。

「なんだ、いたのかよ」

「今来たとこ」

愛想笑いのひとつも浮かべない雨月は、うらやましいほど自然体だ。

だけどそれが俺の前でだけだということには、すでに勘づいている。

俺自身がそうだから、なんとなくわかるんだ。

何も見えない夜の世界は、しがらみだらけの世界で自分を偽ってばかりの俺たちを、自由にしてくれる。

「ねえ、何見てたの？」

「あのマンション」

「え、どれ？」

「薬の看板があるビル、見えるだろ？　その隣」

「ああ、あれ？　ふーん。あんなマンションあったっけ？」

腑《ふ》に落ちない表情を浮かべる雨月。

わざわざ遠目に眺めるようなものでもないからだろう。

雨月の反応どおり、これといった特徴がなく印象にも残らない、薄汚れたマンションだ。

それきり口を閉ざした彼女は、これ以上話を掘り下げるつもりはないようだった。

お互い死にたがりということと、下の名前しか知らない俺たちには、常に一定の距離がある。暗黙の了解で、俺たちの間には、お互いのことに深く踏み込んではいけない空気が流れていた。

もしかしたら、明日にはどちらかがこの世からいなくなってるかもしれない。

それなら、希薄な関係でないといけない、そうであるほうが望ましい。

だけど俺はそのとき、迷いなく自分のことを話していた。

「あのマンション、俺の母さんの実家なんだ。今はばあちゃんがひとりで住んでる」

雨月が、納得がいったようにうなずいた。

「そうだったんだ。おばあちゃんち、よく行くの？」

「一度も行ったことないよ、母さんは俺が生まれてすぐに亡くなってるし」

彼女が息をのむ気配がする。

「そっか」と気のないふうな返事をした彼女は、この話にもっと踏み込んでもいいのか、それとも踏み込まないほうがいいのか、考えあぐねているようだ。

「今の家、いづらいんだ」

闇に向かって、ぽつんと言葉をこぼす。

横顔に、雨月の視線を感じた。

「父さんは再婚して、新しい奥さんとの間に、宵っていう名前の子どもがいる。今の家は、父さんが新しい奥さんと弟のために建てたんだ。だから俺は、あの家に間借りしてる、赤の他人のような気でいる」

お互い死にたい理由を詮索《せんさく》しない。

〝死にたがりこじらせ部〟を作ったとき、そんな条件を出したけど、自分から話す分には構わないだろう。

あのときとは違って、今は、少しだけ彼女に近づきたいと思ってる。

雨月が語る、〝今日あったいい出来事〟を聞くのが好きだから。

俺の隣で夜の景色を眺める彼女の髪が、夜風にそよぐのを見るのが好きだから。

「死にたくなったとき、俺はばあちゃんの住んでるあのマンションを、こうやって見に来るようにしてる。あの家に行けばきっと、ばあちゃんは俺を受け入れてくれるから」

もう何年も会っていないばあちゃんとの再会を、何度も想像した。

俺の本当の母さんの母さんだ。他人の恵里さんなんかより、よほど歓迎してくれるだろう。

『よく来たね。会いたかったよ』って、俺を出迎えてくれて。

そのうちばあちゃんは、母さんが小さい頃のアルバムなんかを持ってきて、思い出話を語り出すんだ。

遅くなったら『夕飯食べていく?』って声をかけてくれるかもしれない。

きっと、本当の家族といるような、温かい時間になるはずだ。

そんな妄想だけで、俺は不安定な自分を支えてきた。

毎夜のように、この場所で、あのマンションを眺めながら。

「私も一緒。あの家、いづらいの」

ぽつんと、今度は雨月がつぶやく。

俺は、闇を背にしてうつむいている彼女に視線を向けた。

まっすぐな黒髪に、少し切れ長の目と、黒い瞳。目を奪われるような美人じゃないけど、彼女には不思議な魅力がある。少なくとも俺の目には、そう映った。

「お兄ちゃんは高校で不登校になってから引きこもりで、もう二十一歳だけど、大学に行ってないし働いてもいない。そんなお兄ちゃんにお母さんは絶望してて、私にものすごい期待をかけてくるの。私はお母さんを裏切らないように一生懸命やってきたけど、家に帰ると息が苦しくなる。あの家は、本当の私を求めていないから。お兄ちゃんのマイナスを打ち消してプラスに変えてくれるような存在が欲しいだけ」

意外な彼女の家庭事情に、俺は興味を持った。

「お兄さんが引きこもりって、どうして？　原因は？」

「わからない」

雨月が、うんざりしたようにかぶりを振る。

「私には意地悪だったけど、親や友達の前では明るくて周りを和《なご》ますような人だったの。だけどいつからか、学校に行かなくなって、親とも口を利かず、家に引きこもるようになって……。気づいたら取り返しのつかないことになってた」

そう一気にまくし立てた雨月の声は、語尾にいくくに従い震えていた。

淡々としているけど、彼女が懸命に怒りを押し殺しているのが、見ているだけでわかる。

引きこもりの兄に対して？　それとも、はき違えた愛情を注いでくる親に対して？

なぜだか、胸がズキズキと痛い。

ときどき廊下ですれ違う宵の顔を思い出した。

小さかった宵も、もう小五だ。最近は親といっさい口を利かない俺に違和感を覚えてきたようで、前ほど話しかけてはこなくなった。その代わり、困ったように俺を見ることがある。

雨月と同じように、宵にとっても、俺という兄は重荷なのだろう。

そう考えたら、雨月のお兄さんに同情心が芽生えた。

「たぶんお兄さんはお兄さんで、死ぬほど苦しんでるんじゃないかな。学校に行けなくなるなんて、よっぽどだ。心が弱いからとか、そういう単純なことじゃないと思う」

「違うよ、お兄ちゃんは弱虫でワガママなだけ。私だって、あんな窮屈なところに毎日行きたくない。それでも行かないと周りに迷惑かけるから、死ぬほど苦しみながら行ってるのに」

雨月のその言葉は、宵から俺への言葉のように聞こえた。

まるで自分に言われたようで、しばらくの間、返す言葉を失う。

「冬夜だってそうでしょ？　学校なんて、本当は行きたくないんじゃない？」

俺の心を見抜いたみたいに、雨月が言う。

「本当の冬夜は口が悪くて死にたがりなのに、友達の前では爽やかを絵に描いたみたいな人のフリをしているじゃない。演じるの、うんざりするよね」

「だから、なんでそんなこと知ってるんだよ？」

すると雨月は瞬《まばた》きをしたあとで、「私がそうだから、冬夜もそうかなと思って」と答えた。

「今日だって、友達に無理して合わせたし」

そう言って雨月が見せてきたのは、スクールバッグに下げられた青い熊のキーホルダーだった。やたら大きくて、キーホルダーというよりもはやただのぬいぐるみだ。

「何それ？　無駄にでかくない？」

「え、知らないの？　めちゃくちゃ流行ってるじゃん。もとは海外アニメのキャラクターだったやつだよ」

「見たことないな。なんか、いかにも女子って感じ」

俺は顔をしかめて熊キーホルダーを観察する。

なるほど、女子が夢中になりそうな、かわいい顔をしている。

それに触り心地がよさそうだ。

「知らないならいいや。とにかく、こんなふうに全然好みじゃなくても、友達に合わせてバッグにつけたりするの。つけなきゃその子ががっかりしちゃうから」

「何だよそれ、めんどくさいな」

心底嫌そうな雨月の顔が少しだけ面白くて、俺は思わず笑っていた。

そんな俺を、雨月は驚いたように見ていたけど、やがて彼女も、夜風に溶かされたみたいにふわりと笑う。

ああ、なんかいいな、その笑い方。

そんな春の陽気のような、朗《ほが》らかな笑い方もできるんだな。

死にたがりのくせに、思いがけず笑い合った俺たち。

冷えきっていた心が、一筋の暖かな日差しに当てられたように、温もりを帯びていく。

だけどすぐに、笑いながら見つめ合うというあり得ない自分たちの行動に気づいて、戸惑いが込み上げた。

どちらからともなく視線を外す。

心は温かいままなのに、いてもたってもいられないソワソワした気分だった。

顔に熱が集まるのがわかって、俺は彼女に見られないようにそっぽを向きながら、気まずい空気を変えようとする。

「そういえば、今日はまだ聞いてなかったよな、〝今日あったいい出来事〟」

「ああ、うん。そうだね」

「雨月からでいいよ」

「私から？　うーん、そうだな」

雨月は何かを言いかけ、一度口を閉ざす。

それから、恥ずかしそうに早口で喋った。

「さっき、仔猫《こねこ》とすれ違ったこと。次は、冬夜の番ね」

ちょっとかわいいと思ってしまったけど、そんなことは口が裂けても言えない。

「俺は……」

――雨月の笑顔が見れたこと。

そんな言葉が喉元まで込み上げてきて、唇をぎゅっと閉じた。

それこそ、口が裂けても言えるわけがない。

「……〝かっぱ～の〟のお菓子、貰ったことかな」

「〝かっぱ～の〟って、懐かしくない？　誰に貰ったの？」

「友達。河童が好きだからついでに買ったって言ってた」

子ども向けアニメの〝かっぱ～の〟のスナック菓子をくれたのは、一輝だ。コンビニに寄ったとき、レジ前で見かけて衝動買いしたらしい。宵にあげようと思ってるけど、最近俺によそよそしいから、貰ってくれるかわからない。

「河童が好きって、なにその理由?」

そう言って、またほんの少し彼女が笑う。

どういうわけかその顔が直視できなくて、俺は欄干の上にある彼女の手の甲に視線を馳せた。

握ったら折れてしまいそうな、細い指先。

触れてみたら、その手は温かいのだろうか、それとも冷たいのだろうか。

無意識のうちにそんなことを考えていた自分に気づき、なぜだか、ものすごく悪いことをしているような気分になった。

逃げるように、また夜の景色に視線を投げかける。

会話が途切れ、訪れた沈黙。

それでも、隣にいる彼女の気配を全身で意識していた。

車のエンジン音や風の唸り。すべての音が、夜の空気に溶けて消えていく。

静かな夜の海に、雨月とふたりきりで浮かんでいるみたいだった。

だけど、けたたましく鳴り響いた車のクラクションで、現実に引き戻された。

俺たちを取り巻く現実のせわしない音が、耳に舞い戻る。

先に口を開いたのは、雨月のほうだった。

「そろそろ帰るね。遅いとお母さんに心配かけるから」

「……ああ、うん」

そう言った俺は、内心いつになく焦っていた。

俺たちが〝死にたがりこじらせ部〟という名のひとときをともに過ごす時間は、いつもほんの二十分程度。

部活と呼ぶには、あまりにも曖昧《あいまい》で、あまりにも短い。

もう少しだけ長く、こうして彼女といられたらいいのに。

「送ってくよ」

気づけば、歩き出した彼女の背中に、そう声をかけていた。

振り返った彼女は目を大きく見開き、まるでお化けにでも遭遇《そうぐう》したみたいに、わかりやすく困惑している。

「大丈夫だよ。夜道なんて、もう慣れてるし」

「じゃあ、階段が終わるところまで」

断られた恥ずかしさが押し寄せ、取り繕うようにそんなことを口走っていた。

すると彼女が「それ、意味あるの？」と少しだけ笑う。

だけど今度は断る素振りがなかったから、俺は半ば強引に彼女の後ろについていった。

雨月は戸惑うようにチラッと後ろを一瞥したものの、何も言わずにそのまま歩き続ける。

陸橋の階段を下りるふたりの足音は、お互いの動揺を物語るように、バラバラだった。

「……じゃあ、またね」

一番下の段にたどり着くと、彼女は俺を振り返り、ぎこちなくそう言った。

「うん、また」

別れの挨拶なんて、雨月とはしたことがないから、変な気分だ。

なんとなく恥ずかしくなって、うつむきながら答える。

言い終わるか終わらないかのうちに、タタタ……と彼女が夜道を遠ざかっていく音がした。

次に顔を上げたとき、グレーのスカートの後ろ姿はもうどこにも見えなくなっていた。

陸橋の端っこに、ひとり佇んでいる俺。

まるで闇が彼女をさらっていったみたいで、寂しさが込み上げる。

孤独なんてもう慣れているはずなのに、いつもとは違う虚無感に襲われた。

さっきまで、彼女はたしかに手の届く距離にいたのに。

もう、どこにもいないのが悲しい。

どうしてこんな気持ちになるのだろう。

俺は死にたがりで、彼女も死にたがりで、俺たちの関係はいつ切れてもいいような希薄なもののはずなのに。

三章　夜に泣く

「おはよ、市ヶ谷」

「おはよう」

うだるような空気が流れる、いつもの朝の電車。

一駅先から、今日も彼は同じ車両に乗ってきた。

「今日の一時間目、体育だったっけ。だるいな〜。お前は相変わらず今日も爽やかだな」

「お前、毎日そればっかりだな」

市ヶ谷冬夜。

水色の半袖シャツにボーダーネクタイのK高の制服を着た彼は、今日もサラサラの黒髪で、清涼感いっぱいの笑顔をふりまいている。

彼と一緒にいる運動部っぽい日焼けした友達は、男の子なのに、冬夜と話すときなぜか少し照れていた。

そんな冬夜にいつものようにチラチラと視線を向けている、周囲の女子高生たち。

朝の光の中で見る彼は、やっぱり眩《まぶ》しいくらいにきれいだ。見ているだけでお日さまの匂いがしそうな、洗い立てのYシャツみたいな人。

だけど、それが明るい時間だけの彼だということを、私はもう知っている。

夜になると、彼は私の前で、意地悪な言い方をしたり不安そうな目をしたりする。

本当の彼は、家に居場所がなくて、学校で自分を演じるのにもうんざりして、死にたがっていた。

夜という特別な時間は、私だけでなく、彼の本性もさらけ出してしまうらしい。

それにしても、爽やかな笑顔を貼りつけている昼間の彼は、いつまでたっても同じ車両にいる私に気づかない。

いつも私に背を向けているからというのもあるんだけど、出会ってそろそろ二週間だ。いい加減、気づいてくれてもいいんじゃないだろうか？

まあ、いいか。

要するに、その程度の関係ということなのだから。

そうやって頭の中で自分をなだめようとするけど、どうしてかうまくいかない。

そのうえ、今日は塾がない日だと気づき、がっかりしている自分に驚いた。

塾なんて、大嫌いだったのに。

勉強のできない人間は価値が下がるとでもいうような、成績順のクラス分け。

みんなに追い抜かれる焦り、それでも勉強から逃れられない苦しさ。

だけど、成績が落ちて、お母さんがまた落ち込むのは震えるほど怖くて。

追い立てられ、がむしゃらに自分を殺すだけの時間だから。

なのに、彼に会えるというだけで、塾のある日が待ち遠しくなるなんて。

自分の変化に戸惑いつつ、窓の向こうの移りゆく景色へと視線を移した。

水色の空には、ポツポツと霞《かすみ》のような雲が浮かんでいる。

木の葉の色もくすんできて、本格的な秋の訪れを感じた。

夏の名残りは、九月半ばの今、いつの間にか消えている。

同じような日々を繰り返しているようでも、世の中は確実に時を刻んでいるらしい。


昼休み。

授業が終わり、どっと解放的な空気になった教室で、お弁当袋を手にした芽衣が私の席にやってきた。

「お腹空いた〜。雨月ちゃん、早く食べよ！」

栗色のふんわりボブを揺らしながら、前の席の椅子を引き寄せ、ちょこんと座る芽衣。いつ見てもちっちゃくて、綿あめみたいなかわいい雰囲気の女の子だ。百六十センチあって、大人っぽいとばかり言われる私とは、何もかもが違う。

「今日はサンドイッチなんだ」

そう言いながら、芽衣がふわふわ熊キャラのお弁当袋を机の上に置く。

「へえ〜、いいな。お弁当にサンドイッチとか、うちのお母さん作らないから」

「そうなの？　でも雨月ちゃんのお弁当、いつも凝《こ》っておいしそうだよね」

ステンレスボトルのお茶を一口飲んだ芽衣が、そこで思い出したように「あ、そうそう！」と声を響かせた。

「雨月ちゃん、この間の話、覚えてる？」

「この間の話？」

「彼氏の友達を紹介するって話だよ」

「あ……」

思い出した。断りきれず、前向きな返事をしてしまったやつ。

「あれさ、彼氏が言うにはその友達がかなり乗り気で、具体的に会う日にちを決めようって話になったんだよね」

一瞬、バッグから取り出した水色無地のお弁当袋を落としそうになった。

「そっか。そんな話、あったよね……」

正直、今は前以上に乗り気じゃない。

それでも今までの私だったら、断れなかったかもしれない。

だけど、今度ははっきり断ろうと、すぐに決めた。

諏訪さんに委員会に代わりに出てと頼まれ、思いきって断った、あのときの経験が影響してるのだろう。

ちなみに、あの出来事が原因で、諏訪さんに嫌われた様子はない。部活や遊びに毎日忙しい彼女にとっては、私のことなんてどうでもいいみたい。私が自意識過剰すぎたようだ。

「あの、そのことなんだけど……」

断り慣れていないイエスマンの私は、心臓をバクバクさせてしまう。

前は、どうやって自分を奮い立たせたんだっけ。

そうだ。あのときは冬夜に挑発されて、衝動的に勇気を出したんだった。

――『自分をかわいそうにしているのは、本当は周りじゃなくて自分自身なんだから』

上から目線で私にそう説教した、出会ったばかりの鼻持ちならない彼は、私に放った自分自身のその言葉で我に返り、死ぬのを保留にしたとのちに告白した。

死にたがりで、ひねくれてて、本当は寂しがりや。

それが冬夜だ。私と似た者同士の、いい人キャラかぶりの高校生。

いい人キャラを崩すのは怖いけど、塾の日になればまた似た者同士の彼に会えるなら――きっと、不安定な足でもこの世界に立っていられる。

「私、気になる人がいるの。だからごめん、やっぱり断ってもいいかな」

とっさに、口からそんな出まかせを言っていた。

ええっ！と芽衣が目を丸くする。

「気になる人？　え、誰？　同じ中学だった人？」

「――電車でよく見かける人」

冬夜のことを思い出しながら口走ってしまったけど、これはあくまでも、誘いを断る言い訳にすぎない。間違っても、恋なんかじゃない。

とはいえ、気になる人という言い方は、嘘ではないと思う。

実際私は、似た者同士の彼のことが気になっているのだから。

あくまでも、人間としてだけど。

「そんな人いたんだ！　ていうか、この間はいないって言ったよね？」

「ごめん。最近気になるようになって……」

「そっか、まあいいよ。で、どんな人なの？」

「うーん、なんていうか……暗い人？」

「何それっ⁉　全然よく思えないんだけど」

芽衣が笑う。

でも仕方ない。それが、本当の彼なのだから。

「とにかく、それなら無理だね。彼氏には断っとくよ。友達、がっかりするかもしれないけど」

「本当にごめんね、一度は乗り気っぽいこと言ったのに」

「いいっていいって！　恋なんて、どこに落ちてるかわからないものだし。私だってそうだったもん」

芽衣がかわいく笑いながら、お弁当のサンドイッチを頬張った。サーモンとアボカドが入っていて、見るからにおいしそう。

「ねえ、告白するの？」

「そんなのしないよ」

「ええっ、もったいなくない？　雨月ちゃん、性格もいいしかわいいのに」

「そんなことないから……。それに告白したいとか、そういうことじゃないの。ときどき声が聞けたら、それでいいかな」

「うわ〜、大人だ〜。進展したら、教えてね！」

「うん……」

実際は恋どころか、友達とも呼べない私と冬夜の関係は、どんな夜でも必ず朝を迎えるように、いつか自然と消滅するのだろう。

ひとりで盛り上がっている芽衣のキャーキャー声を耳にしながら、私は窓の向こうの水色の空に視線を馳せ、漠然とそんなことを思った。

あれは、いつだっただろうか。

まだ小学生だったから、五年か六年前くらい。

ある日をきっかけに、お兄ちゃんは急に登校しなくなった。

『あれ？　お兄ちゃんの靴、まだある。学校行ってないの？』

『うん。ちょっと体調がよくないみたいで、今日は休んだの』

『そうなんだ。ふーん』

まあ、そういうこともあるだろう。そう思って、初日は特に気にとめなかった。

だけど次の日も、その次の日も、玄関にはお兄ちゃんの泥で汚れた通学用のスニーカーがあって……。いつしか秋も深まり、コートを着るような季節になっていた。

閉じたまま開かない、お兄ちゃんの部屋のドア。

サッカーが大好きで明るかったお兄ちゃんは、息を潜めてじっとしているだけの、未知の生き物に変貌《へんぼう》してしまった。

はじめは、もちろん心配だった。

何があったんだろうとは思ったけど、お母さんはものすごく落ち込んでて、聞くに聞けなくて。

そのうちお母さんはイライラしやすくなって、私のテストの点数が少しでも悪かったら、厳しく叱ったり、ときには泣いたりするようになった。

『友達とはちゃんとやってるの？　いじめられたりしてない？』

『授業中は積極的に手を挙げるのよ。内申が上がるから』

『塾の勉強、ちゃんとついていってる？』

私にそういったことを言うときのお母さんは、口調は普通でも、何かに駆り立てられているかのような目つきをしていた。

やがて私は、自覚するようになる。

テストでいい点数をとらないといけない。成績を下げてはいけない。

友達と面倒事を起こしてはいけない。誰にも嫌われてはいけない。

そんな無意識の義務感は、やがて目に見えないしがらみとなって、私を縛りつけた。

世間体《せけんてい》という名の透明な縄に身動きを支配され、窮屈さにあえぐ日々。

やり場のない怒りは、そのうち原因を作ったお兄ちゃんに向くようになった。

お兄ちゃんなんて、大嫌い。

わがままで自分勝手で、周りがいっさい見えていない。

自分がどれだけ周りを不幸にしているか、まったくわかっていない。

まるで死んでしまった貝みたいに、昼も夜も開かないドアを、何度も睨みつける。

いっそ、いなくなって欲しいとすら思ったこともある。

いつしか私には、お兄ちゃんが、私を不幸にする迷惑な存在にしか思えなくなっていた。

急に肌寒くなったから、夏布団に毛布を重ねて寝た、その日の夜。

――ドンッ！

突然すさまじい音がして、驚いた私はベッドから飛び起きた。

――ドン、ドンッ！

物音が、立て続けに家全体を揺らす。

時計を確認すると、深夜二時すぎだった。

寝起きの頭では何が起こっているのか判断できず、うろたえながら、部屋の隅でじっと息を殺す。

――ドンッ！

今度はひときわ大きな音とともに、壁が振動した。

お兄ちゃんの部屋に面した壁だ。壁向こうから、唸りに似た絶叫も聞こえる。

私は怖くなって、ついに部屋を飛び出した。

廊下に出てすぐに、パジャマ姿のお父さんとお母さんに鉢合わせる。

ちょうど部屋から出てきたところのようで、ふたりとも、困惑気味にお兄ちゃんの部屋のドアを見つめていた。お母さんの肩が、暗がりでもわかるほど震えている。

「雨月は下に行ってなさい」

お父さんが深刻な声で言った。

「でも――」

「いいから、早くしなさい」

被《かぶ》せ気味に、私の声を遮ったお父さん。

だけど、その目が私に向くことはなかった。

まるで化け物と対峙《たいじ》しているかのような険しい顔で、お兄ちゃんの部屋のドアだけを見つめている。

そうしている間も、お兄ちゃんの部屋からは、絶え間なく何かを壁にぶつける音が響いていた。合間に漏れ聞こえる、獣《けもの》のような喚き声。

胸をザワザワとさせる、本当に嫌な声だった。

私はかろうじてうなずくと、無言のまま階段に向かう。

背中から、「入るぞ」というお父さんの声がした。

ほぼ同時に聞こえた、お兄ちゃんの部屋のドアを開ける音。

「どうして……っ！」

お兄ちゃんの叫びが、闇に沈んだ家を引き裂いた。

ぞっとした。

お兄ちゃんの声を耳にするのは、本当に久しぶりだ。

『夜になったら、外にはこわいお化けが出るんだぞ』――子どもの頃、そう言って私をからかった、無邪気な声とはまるで違う。聞いているだけで胸の中をナイフで掻き混ぜられたような気になる声だった。

「どうして何も言ってくれなかったんだよ……っ！」

お兄ちゃんの声って、こんなのだったっけ。

まるで、知らない人の声みたい。

泣きそうなのを喉で押し殺し、階段を下りながら、そんなことを思う。

お兄ちゃんの叫ぶ声や、何かを壁にぶつける音は、その後も続いた。

聞こえなくなるときもあったけど、すぐにまた再開する。

私は泣きじゃくりたいのを必死にこらえ、リビングのソファーで毛布にくるまって、騒ぎが静まるのをじっと待った。

二時間くらい経った頃、天井からの物音が、ようやく聞こえなくなる。

少しすると、お父さんとお母さんが一階に下りてきた。

ふらつきながらキッチンで足を止めたお母さんの顔は、今にも倒れそうなほど青白い。

お父さんが、深いため息をつきながらダイニングテーブルの椅子に座り、頭を抱えた。

「うう、ううぅ……」

キッチンの隅で、お母さんが泣いている。

ふたりとも一言も発しようとはしない。

お父さんの苦しみと、お母さんの悲しみ、そしてお兄ちゃんの絶望。

あらゆる苦悩が充満していた。

このまま、家が丸ごと闇に沈んでしまうんじゃないかと本気で思うほど、何もかもが淀んでいる。

その場にいるのがつらくて、私はそうっとソファーから抜け出すと、逃げるように階段を上った。

そして、絶句した。

二階の廊下に、お兄ちゃんの物が散乱していたからだ。

闇雲《やみくも》に部屋の中にあった物を放り投げたのだろう。

小学校時代にサッカーの大会で貰ったトロフィー、中学校時代にクレーンゲームで取った猫のぬいぐるみ、高校時代の汚れたジャージ。

お兄ちゃんが生き生きしていた時代の物が、無残に散らばっている様子は、見ているだけで切なくなる。

だけどやっぱり、薄闇《うすやみ》の中にぼうっと浮かんだお兄ちゃんの部屋のドアは、怖いほど静かに閉ざされていた。

家の外から、バイクの音と、ポストに新聞を入れるカタンという音がする。

夜明けが近づいたようだ。

私は荒れた廊下の真ん中に、力尽きたように座り込んだ。

それから自分の膝に顔をうずめて、声を押し殺して泣いた。


翌日の、午後九時すぎ。

塾帰りに、いつもの陸橋で、いつものように冬夜に会った。

暗黙の了解で〝死にたがりこじらせ部〟が始まる。

今夜の〝今日あったいい出来事〟は、冬夜からだ。

「今朝、弟にこの間のお菓子をあげたら、恥ずかしそうにお礼を言ってくれたこと」

そう言ってほんの少し笑った冬夜は、死にたがりなのが嘘みたいにうれしそう。

本気で笑ったときだけ目尻が下がる、その笑い方は好きかもしれない。

「弟って、中学生？」

「いいや、小五」

冬夜の複雑な家庭事情は知っている。

だけど優しい目をしている冬夜は、家族とはいろいろあるようだけど、結局のところ弟をかわいがっているのだろう。

自分のことばかりで私には何の興味もない、うちのお兄ちゃんとは大違いだ。

「次は雨月の番だよ」

「うん」

昨晩の衝撃は、一日中私の胸に重く残って、どんなに頑張っても消えてくれなかった。

お兄ちゃんの悲痛な声、泣きじゃくるお母さんの背中、お父さんの深いため息、思い出の物が散乱した廊下。

あのときの映像が、授業中も、芽衣と話しているときも、頭から離れなかった。いつも以上に消えたい気持ちを抱えて、私はどうにか一日をやり過ごした。

「いいことかあ……」

いいことなんて、何ひとつなかった。

どんなにしけた毎日でも、ひねり出したらひとつやふたつは見つかるものだけど、今日に限っては無理だ。

でも……。

「冬夜の〝今日あったいい出来事〟が聞けたこと」

しいて言えば、そうかなと思う。

冬夜に会えた今この瞬間、私の心は、ようやくほんの少し凪《な》いだのだから。

「なんだよ、それ」

戸惑うような声がする。

「だって、いいなあって思ったの、弟思いのお兄ちゃんって」

「別に弟思いなんかじゃないよ。親と口利かないから、弟に心配されてるくらいだ」

つっけんどんな口調でそんなことを言いながら、欄干に頬杖をついて、ぷいっと反対方向を向く冬夜。

その子どもみたいな仕草は、妙に私を安心させた。

だからだろうか。

「私、あんなところ、もう帰りたくない……」

気づけば、誰にも言えないはずの気持ちが、口をついて出ていた。

知っている人には、こんなに弱っているところ、絶対に見せられない。

だけど冬夜は、赤の他人も同然だから、平気なんだろう。

死にたがりという共通点だけで繋がっている私たちの関係は、いつ切れてもおかしくない、希薄なものだから。

後悔、自責、絶望。家族それぞれのため息で、あの家は飽和《ほうわ》している。

私のことなんて、誰も考えていない。

私のことなんて、本当は誰も必要としていない。

引きこもりのお兄ちゃんにうんざりするのも、私に期待をかけてくるお母さんに気を遣うのも、あまり家にいないお父さんにイラつくのも、もう疲れた。

「私の居場所は、どこにあるんだろう……」

空気の充分ある場所が、楽に呼吸できる場所が、私のいる世界にはない。

どこにいても息が詰まりそうで、苦しみもがきながら、ただ流されるように毎日を過ごしているだけ。

この先だって、きっとそう。

――『大学受験はもっと大変』

――『就職活動はもっと大変』

そんなふうに、誰かが言ってたから。

世の中の模範《もはん》みたいな生き方のとおり、高校を出て、大学に行って、就職しても、がんじがらめの世界からは逃れられない。こんなところですら躓《つまず》いている私は、よりいっそう溺れていくしかないのだろう。

泳ぎ方を知らない魚のように、無様な呼吸を繰り返して。

不安で不安で、どす黒い感情にすべてがのみ込まれてしまいそうだ。

いっそ、今すぐに、この夜の空気に溶けて消えてしまえたらどんなにいいか。目下を流れる、車のヘッドライトに、信号機の赤や青。星屑のようなそれらの光に混ざれたら、どんなにいいか。

「なら、この場所を居場所にするといいよ。俺と同じように」

すると、冬夜がそんなことを言った。

きれいなアーモンド形の目が、じっとこちらに向けられている。見たこともないほど悲しげな眼差しをしているのは、似た者同士の彼には、私の気持ちが少なからず伝わったからかもしれない。

「え？　ここ？」

「うん、ここ」

冬夜が、おばあちゃんが住んでいるマンションに視線を移す。

彼がここに来るのは、こうやっておばあちゃんのマンションを見るためだと、前に言っていた。

本当のお母さんを生まれてすぐに亡くした冬夜は、新しいお母さんのいる家に居場所がない。だからおばあちゃんのマンションを眺めて、あそこには居場所があるって、安心感を求めているらしい。

まるで、幼い子どものように。

「でもここ、冬夜にとっては特別でも、私には何の関係もないよ」

塾の行き帰りに通るってだけで、冬夜みたいに思い入れがある場所ではない。

するとと冬夜がややうつむいて。

「俺がいる。だから雨月にとっても特別だ」

サラッとそんな言葉を吐いた。

彼らしくない気障《きざ》な言い回しに、私のほうが恥ずかしくなる。

どう返したらいいかわからなくて、無意味に口がパクパクと動いた。

「だってほら、さ。ここ、部室みたいなもんだし」

今になって照れが襲ってきたのか、早口でまくし立てる冬夜。

「うん、部室。そうだね、〝死にたがりこじらせ部〟だもんね」

私も彼の言葉にオーバーなくらい同意して、気恥《きは》ずかしい今の空気をうやむやにしようとした。

「でも、一晩中ここにいるわけにはいかないよな」

改まったように、冬夜が首をひねる。

「まあ、そうだよね。普通に外だもんね、ここ」

「じゃあ、部長の俺が家までついていってやる」

冬夜が、私からやや視線を外しながら言った。

「え？　本当……？」

思わぬ提案に、目を瞠《みは》る。

「あと、冬夜って部長だったの？」

「発案者なんだから、部長に決まってるだろ」

照れ隠しなのか突き放すように言うと、冬夜は私に背を向けて歩き出した。

「帰るぞ。早くついてこいよ」

「うん」

冬夜の不器用な優しさが身にしみて、落ち込んでいた気持ちが軽くなる。

そのはずなのに、数歩進んだところで、突然足がすくんだ。

冬夜が一緒に来てくれたら心強い。

だけどそれでも躊躇《ちゅうちょ》するほど、昨日の夜の出来事は私にとって衝撃的だった。

あんな家になんか、やっぱり帰りたくない。

動けなくなった私を、冬夜が振り返る。

彼の視線が、小刻みに震える私の手へと下りていって――。

情けない姿を見られてしまったことに、私は激しく動揺した。

だけど。

「ごめん。帰るって言ったって、そんな簡単なことじゃないよな」

冬夜が、早足で私の前に戻ってきた。

私は何も答えることができず、怯えた目で彼を見つめる。

冬夜はそんな私の気持ちをわかっているかのように、今度は照れることなく、優しい声で言った。

「じゃあさ、ほら、家着くまでここ持っといていいよ。そうすれば、雨月はひとりじゃないだろ？」

何を思ったか、自分の制服のシャツを引っ張って差し出してくる。

思いがけない冬夜の行動に、ちょっと唖然《あぜん》としてしまったけど。

――ひとりじゃない。

冬夜が言った言葉は、私の心の奥深くに、まっすぐ届いた。

「遠慮しなくていいから」

「……うん」

震える指先を、差し出されたシャツの裾《すそ》に向けて伸ばした。

そっとつかむと、シャツ越しに、冬夜の存在が伝わってくる。

彼との距離が、今までにないほど縮まった。

「しっかりつかんだ？　じゃあ、行こっか」

冬夜が再び歩き出す。

皺《しわ》にならないように注意して彼のシャツを握りながら、私もそのあとに続いた。

どこかで、パトカーのサイレン音が響いている。

夜の世界には、今日も色とりどりの光が瞬いていてせわしない。

水色のシャツの背中をしっかりこちらに向けている冬夜は、私を振り返ることなく、陸橋の階段を下りていく。

だけどゆっくりめの歩調から、後ろにいる私を意識してくれているのがわかった。

なんやかんやで、冬夜はお兄ちゃん気質なのだろう。

私のとは違う、K高の制服。

K高は共学だ。うちの学校には女子しかいないけど、冬夜の学校には女子も男子もいる。

昼間の彼は、かっこいいし爽やかだし、絶対にモテると思う。

同じクラスの女子と話すとき、彼はどんな話し方や笑い方をするのだろう？

そんな妄想を、慌てて頭の中から追い払った。

考えてはいけないことのような気がしたからだ。

「……そういえば冬夜って、どうしてこんな時間に制服着てるの？」

「どうしてって、雨月だって制服だろ？」

「私は学校から直接塾に行ってるから、着替える時間がないの。冬夜もそうなの？」

「俺は塾には行ってないよ。家に帰っても着替えずに、風呂まで制服で過ごしてるだけ。洗濯物、増やしちゃ悪いだろ」

何気ないような言葉から、冬夜が血の繋がらないお母さんに気を遣っているのが伝わってきて、胸がチクッと痛んだ。

「そうなんだ。優しいんだね」

「優しくなんかないよ。死にたがりだし」

そう言って、自嘲気味に笑う冬夜。

陸橋の階段を下りた私たちは、そのまま夜の歩道を突き進む。

「家、どっちの方向？」

「こっち。まっすぐ行って、歯医者さんのところを右に曲がればすぐそこだよ」

「了解」

冬夜のシャツを握ったたまま、ふと夜空を見上げた。

今夜は、煌々と輝く満月だ。

そのせいか、街灯が少なくて暗い道が、いつもより明るく感じる。目の前を行く、私よりも背の高い冬夜の後ろ姿も、しっかりと目に映っていた。

「冬夜ってさ、細いよね」

「雨月に言われたくないよ」

「ちゃんとご飯食べてる?」

「食べてるよ。もうちょっと身長伸びて欲しいから」

「死にたがりのくせに、身長伸びて欲しいの? ていうか、もう充分高いと思うけど」

「弟に抜かされたら嫌だから。あいつ、ぐんぐん伸びてるからびびってるんだ。顔もどんどん似てくるし」

「弟、似てるの?」

半分しか血が繋がってないって聞いていたから、ちょっと意外だった。

「ああ。ふたりとも父さん似で、そっくりってよく言われる」

「へえ……」

冬夜にそっくりな男の子を想像して、微笑ましくなる。

どこかの家から、子どもの笑い声がする。夜道を歩いているとき、楽しそうな家族の声を耳にするのは苦手だ。ひとりだということを、思い知らされるから。

だけど冬夜がいる今は、それほど気にならなかった。

死にたがりの私たちでも、こうやって一緒にいれば、少しだけ強くなれるらしい。

そうこうしている間に、幼稚園のときから通っている、フクロウの看板が目印の歯医者さんにたどり着く。

満月のおかげで、いつもよりフクロウの絵が色鮮やかに見えた。

ここを曲がれば、家まではあと少しだ。

「ここまででいいよ、あの煉瓦《れんが》の家の向かいが家だから」

立ち止まり、冬夜に言った。

離しがたくて、シャツは握ったままだ。

「本当に、大丈夫？」

「うん、大丈夫」

「やっぱり、家の前まで行くよ」

「それはちょっと……。実はね、うちのお兄ちゃん、K高だったの。だけど途中から行かなくなって、あまりいい思い出がないんだ。もしもお母さんがK高の制服着てる冬夜のこと見たら、昔のこといろいろ思い出して、動揺するかもしれない。だからごめんね、ここで大丈夫」

それに男の子と一緒に帰ってきたところを見られたら、お母さんがどういう反応をするのか、想像がつかなくて怖いというのもある。

「そっか、なら仕方ないな。じゃあ、雨月が家の中に入るまで、電柱の陰に隠れてるよ。見えなくてもちゃんといるから、安心して中に入れよ」

「うん、ありがとう」

知らなかった。冬夜って、こんなに優しいんだ。

だからこそ、自分でいろいろなことを背負い込んで、この世界に嫌気が差してしまったのだろう。

似ているようで、私と冬夜は違う。私は優しくなんかない。

お兄ちゃんは大嫌い、お母さんはめんどくさい、芽衣とは合わない。一日中、そんなふうに誰かを否定してばかり。

急に冬夜を遠くに感じてしまったけど、彼の意外な一面に惹かれてもいた。

死にたがりのくせに優しいなんて、変な人。

「じゃあね、冬夜」

「じゃあな、雨月」

冬夜のシャツからそっと手を離し、家に向かって歩き出す。

家に入る直前、足を止めて振り返ったけど、言葉どおり冬夜の姿は見えなかった。

それでもあの電柱の陰にいるんだと思うと、勇気が湧いてくる。

そして見えない彼の手に背中を押されるようにして、私は地獄のようなわが家へと、どうにか足を踏み入れた。

お兄ちゃんは引きこもりで、お母さんはそれを嘆いていて、家の中は息苦しい。

学校ではいい人を演じることでしか自分を保てなくて、やっぱり息苦しい。

どこにも居場所のないこんな世界、大嫌いだった。

そして私は死にたがりになって、同じく死にたがりの冬夜と出会った。

はじめは失礼な人だと思ったけど、共通点の多い彼と一緒にいるうちに、居心地のよさを覚えるようになる。

やがて、死にたがりの彼が内に秘めた優しさを知って、見方が変わった。

塾のある日が待ち遠しい。

帰りに、冬夜に会えるから。

彼の口から〝今日あったいい出来事〟が聞けるから。

冬夜は今日どんな話をして、どんな笑い方をするのだろう。

いつの間にか、死にたいという気持ちより、彼のことをもっと知りたいという気持ちのほうが強くなっていた。


九月ももう終わりが近づいていた。

午前中の、休み時間。

ざわつく教室内で自分の席に着き、私はひとり世界史の用語集に目を落としていた。

半開きの窓から風がそよぎ、ふと顔を上げる。

窓の向こうの水色の空に、白い満月が浮かんでいた。

日が暮れるのは、まだまだ先だ。

今日は塾の日だから、冬夜に会える——。

「雨月ちゃーん！」

今夜のことに思いを馳せていると、今日もひときわ明るい芽衣の声がした。

私はいつものように、屈託《くったく》のない笑顔で芽衣を迎える。

「芽衣。今日、まだ会ってなかったね、おはよ」

「おはよ～」

今日は制服の上にベージュの薄手のカーディガンを羽織っている芽衣が、目の前でニコッとする。

手には、ふわふわ熊キャラのケースに入ったスマホを持っていた。

「この間の話、彼氏から友達に伝えてもらったよ。残念そうだったけど、雨月ちゃんに好きな人いるならしょうがないねって言ってたって」

「そっか。なんか、ごめんね」

「仕方ないよ、気にしないで！　それで、その好きな人とは進展あったの？」

「好きな人っていうか、気になる人なんだけど……」

言葉を濁《にご》していると、芽衣のスマホがブルブル震える。

「あ、彼氏からメッセージだ！」

うれしそうにメッセージを確認している芽衣。

「午前中にメッセージくれるなんて珍しいんだけど！　何かあったのかな」

早くも返信したらしい芽衣が、スマホをカタンと私の机の上に置く。

芽衣のスマホには、〝かっぱ〜の〟の画像が映っていた。

この間冬夜と〝かっぱ〜の〟の話をしたせいで、気になってしまう。

トークアプリの、彼氏のプロフィールアイコンのようだ。

〝かっぱ〜の〟は、河童とピアノが合体した主人公が活躍する、ちょっと前に流行った子ども向けアニメだった。

あのときは懐かしいって思ったけど、こうしてプロフィールアイコンに使っている人がいるということは、まだそれなりに人気みたい。

コンビニにも、〝かっぱ〜の〟のお菓子が売ってるって言ってたし。

そんなことをぼんやり考えていると、〝かっぱ〜の〟の画像の下にある名前が目に入る。

〝市ヶ谷くん〟

――『お前は相変わらず爽やかだな、市ヶ谷』

いつだったか、電車の中で聞いた声が耳によみがえり、ドクンと心臓が鳴った。

冬夜の苗字と同じことに気づき、意識が凍りつく。

市ヶ谷なんて苗字、そんなにないと思う。

少なくとも私は、彼以外で会ったことがない。

「……芽衣」

おそるおそる絞《しぼ》り出した声は、自分でも驚くほどか細かった。

「……彼氏の写真、見てみたい」

「いいよ～」

芽衣がにこやかに答える。

「ちょっと前に撮ったやつだけど」

少し照れくさそうに、彼氏の写真をスマホに表示してくれた芽衣。

画面をひと目見たとたん、意識が凍った。

水色のYシャツにボーダーのネクタイ。見慣れたK高の制服。

そこには、公園のような場所で、爽やかな笑みを浮かべている冬夜がいた。

真昼の光の中にいるせいか、同じ顔なのにまるで別人みたい。

頭の中が真っ白になり、言葉が出ない。

だけど何かを喋らなくちゃって、ギリギリのところで我に返る。

「……かっこいいね」

「うん。ダメもとで告白したのに、いいって言われて驚いたの。私にはもったいない彼氏でしょ？」

はにかみながら答える芽衣の声も、どこか遠くから聞こえているみたいだった。

ああ、そうか。

芽衣の彼氏って、冬夜だったんだ。

死にたがりの冬夜に彼女がいるなんて、思いもしなかった。

「……さっきの彼氏からのメッセージ、何だったの？」

「今度の日曜日にね、行きたいところがあるんだって。だからついてきて欲しいって言われたの。こんなふうに誘われたの初めてだから、びっくりしちゃった」

かわいい顔を輝かせ、ニコニコと笑う芽衣。

冬夜は電車の中でも人目を集めるくらいかっこいい。

彼女がいたっておかしくない。むしろ、いないほうがおかしい。

それにしても、私はどうしてここまで傷ついているのだろう？

冬夜は私にとって特別な存在だけど、彼女がいるとかいないとか、どうでもいいはずなのに。

「雨月ちゃん、どうかした？　顔色悪いけど」

思いもしなかった胸の痛みに動揺していると、芽衣が心配そうに顔を覗き込んできた。

「……そう？　眠いからかな。昨日、寝るのが遅くなっちゃって」

「そっかあ。雨月ちゃんのことだから、また夜遅くまで勉強してたんでしょ？」

「うん、まあ、そんなとこ」

「やっぱり～、無理しちゃだめだよ」

そう言ってまたかわいく笑う芽衣を見ているだけで、私はどうしようもないほど、泣きたい気分になっていた。

冬夜は居場所がないって言ってたけど、そんなの嘘だ。

芽衣みたいなかわいい彼女がいるのに、死にたがってるなんて、おかしいと思う。

死にたがりなんて本当は口からでまかせで、私を騙《だま》していたんじゃないだろうか？

降って湧いた疑念は、ズタボロの心の中で、どんどん膨らんでいった。

塾帰りの、午後九時すぎ。いつもの陸橋。

夜の空気の中、冬夜は欄干に乗せた両腕に頬を預け、いつものように道路を見下ろしていた。

私に気づくと、初めて話したときには想像もできなかった、うれしそうな顔をする。

こんなふうにわかりやすく待ちかねた態度を示されたのは、初めてだ。

家の近くまで送ってもらったあの日をきっかけに、私たちの中で、何かが変わったのだと思う。

だけど冬夜と芽衣が付き合っていることを知ってしまった今の私にとって、それはもう過去のこと。

冬夜の変化を目の当たりにしても、悲しいだけだった。

「この間はどうだった？　家、ちゃんと帰れた？」

「うん、大丈夫」

私はいつもより間を空けて彼の隣に並んだ。

実際あの日、帰宅すると、朝まではお通夜みたいだった家の空気がすっかりいつもどおりに戻っていた。明るく『おかえり』と言ったお母さんに、珍しく家にいてテレビを見ていたお父さん、部屋から一歩も出ずに息を潜めているお兄ちゃん。

前日の惨劇《さんげき》をなかったことにするかのような、不自然な雰囲気に吐き気がしたけど、ホッとしたのも事実だ。

冬夜がいてくれなかったら、私は家に帰れずに、どこかでのたれ死んでいたかもしれない。

──だけど。

「冬夜」

「ん？」

「……どうして、居場所がないなんて言ったの？」

冬夜には芽衣がいるのに、居場所がないなんておかしい。

死にたいなんて、矛盾してる。

きっと、死にたがりの私に同情して、合わせているだけなのだろう。

もしくは、からかって楽しんでいるか。

だとしたら、最低だ。

「どうしてって、思ってるままを言っただけだけど」

冬夜が、ムッとしたように答える。

でも嘘を言っているようには思えなくて、どれが本当の冬夜かわからなくなってきた。

わかっているのは、私よりも芽衣のほうが、よほど価値のある人間ということだけ。

冬夜が芽衣に見せない本当の顔を、私に見せるわけがない。

だからやっぱり、からかわれているとしか思えない。

何も言えなくなって、私は口を固く引き結ぶと、黙り込んだ。

悔しくて、泣いてしまいそうだ。

欄干をぐっと握り込んで、今すぐに罵《のの》りたい衝動を、どうにかこらえる。

「そっか、そうだよね。ごめん」

やがて私は、自然と、日頃から癖になっている愛想笑いを浮かべていた。

お母さんや芽衣、それからクラスメイトに見せる、あの嫌な笑い方だ。何の問題もない、優等生の、順風満帆な高校生の顔。悲鳴を上げている心の中を、見透かされないために貼りつける、分厚い仮面。

考えてみれば、冬夜の前でこの顔をするのは、初めて会った日以来だ。

彼の前だけでは、嘘偽りのない自分だったのだと、改めて気づかされる。

そしてまた、悲しくなった。

そんな私の態度に、冬夜が怪訝な顔をする。

「どうかした？　なんか今日の雨月、変だ」

そう言ってまじまじと見つめてくるものだから、私はいたたまれなくなって、彼から視線を逸らした。

私がどんなに害のない子を演じても、誰も演技だとは気づかないのに、冬夜にだけはすぐに見抜かれてしまうのがつらい。

「そう？　普通だよ」

「変だよ、無理して笑ってる」

「そんなことないけど」

お願いだから、冬夜もみんなと同じように、私の演技に騙されて欲しい。

じゃないと、余計に苦しいから。

冬夜だけは、私のことをわかってくれるって、また錯覚《さっかく》してしまうから。

私をからかっていた冬夜はズルい。

悔しい、悔しい、悔しい。

いや、悔しいのとは少し違う。もしかして、これは嫉妬？

だとしたら、本当に最悪だ。

「……今日は疲れたから、もう帰るね」

気持ちの処理が追いつかなくなり、いても立ってもいられなくなった私は、彼から逃げることにした。

「え？　待てよ」

後ろから冬夜の声がしたから、大急ぎで階段を駆け下りる。

車のヘッドライトに、赤いテールランプ、流れる文字の店舗看板。

今宵《こよい》も色とりどりの光が揺らめく夜の道を、走って走って逃げて——角を曲がる直前に振り返ると、冬夜は追ってきてはいなかった。

がっかりした気持ちがどっと込み上げ、そのとき私は、冬夜に追いかけてきて欲しかったんだと気づく。

私、めちゃくちゃだ。

こんな自分が、本当に大嫌い。

いつも以上に深い闇の中を、ひとりでとぼとぼと歩いた。

馴染みの歯医者さんのフクロウの看板が見えてきて、この間、冬夜がここまで送ってくれたことを思い出す。

どうしようもなく涙があふれそうになったけど、歩きながら、唇を噛んで耐えた。

大切な何かが、ぽっかりと心から抜け落ちたかのよう。

私たちの関係は、いつ終わってもいいような希薄なものだったはずなのに。

いつの間にか彼は、私の中で、他の何にも代えがたい特別な存在になっていたらしい。


その夜以降、私は塾帰りに、あの陸橋を通らなくなった。

遠回りして、横断歩道を渡って帰っている。

冬夜に会ってしまうのが怖いからだ。

彼に会わないように、毎朝電車の時間も遅らせた。

抜け殻のような日々が、淡々とすぎていく。

だけど、一週間が経った日曜日の夕方。

一日中家にいるのに疲れた私は、塾もないのに、逃げ出すようにあの陸橋に来ていた。

階段を上り、いつも冬夜がいるあたりに立つ。

もちろん、日曜日のこんな時間に彼の姿はない。

朱色《しゅいろ》がかった空の下に、今日も住み慣れた街の景色が広がっているだけだった。

夕暮れの景色は、夜の景色とはまるで違う。

煌々《こうこう》と輝く車のヘッドライトも、店舗看板の色鮮やかなネオンも、道路工事のチカチカする光もない。

まるで闇がぬぐい取られたみたいに、すべてが澄んでいて、だけど何かが足りなかった。

欄干に手をかけ、見慣れない夕方の風景を見渡す。

――『あのマンション、俺の母さんの実家なんだ。今はばあちゃんがひとりで住んでる』

いつか聞いた冬夜の声がした。

死にたがりというのは嘘だったにしても、あのマンションがおばあちゃんの家だというのは、本当だと思いたい。あのときの冬夜は、嘘を言っているようには見えなかったから。

たしか、七階建てくらいの年季の入ったマンションだった。

闇の中でも、周りの建物より老朽化しているのが、なんとなくわかるような。

だけど今、あのマンションを探しても、どれかわからなかった。

朱色の空にうっすら浮かぶいびつな満月が、繰り返し目に入るだけ。

夜と昼とでは、こんなにも見え方が違うらしい。

もう、冬夜のことを考えるのはやめよう。

考えてもつらくなるだけだから。

私は景色から目を背《そむ》けると、冬夜との思い出を振りきるように、陸橋の階段を駆け下りる。

そして夕暮れの道を、居場所のないあの家に向かって、足取り重く帰っていった。

四章　夜が枯れる

【冬夜side】

今日もまた、夜が更《ふ》けていく。

俺はひとり、陸橋の欄干に両腕を預け、目下に流れる車のヘッドライトを眺めていた。

車の量も、だんだん減ってきている。

時計を持っていないからわからないけど、おそらく、もう十時くらいだろう。

「はあ……」

闇の底まで落ちてしまいそうなほど、深いため息が出た。

俺の失望を煽《あお》るように、冷たさを孕《はら》んだ秋の風が横から吹きつける。

雨月は、塾があるはずの水曜日も金曜日も、ここに来なかった。

そして今日は、週が明けた月曜日。今夜も来なかったから、これで三回連続だ。

俺、何かしただろうか？

最後に会ったあの日、雨月は様子がおかしかった。

『……どうして、私に居場所がないだなんて言ったの？』などと聞かれて、俺は思わずムッとした。

雨月にだけは本当の自分を見せているのに、そんな言い方をされたら悲しすぎる。

今にして思えば、あのとき、雨月も悲しげだった。

何か、つらいことがあったんだろうか？

ちゃんと話を聞いていたら、わかり合えただろうか？

ひとりの夜は、長くて終わりがない。

こうして先の見えない闇を見ていると、ズルズルと引きずり込まれてしまいそうだ。

家に居場所がない疎外感《そがいかん》、嘘で固めた自分に対する嫌悪感が、ドロドロとした見えない手となって俺を追い立てる。

あの日の夜のように、『こっちにおいで』と闇が手招きする。

俺は、震える衝動をどうにか食い止めた。

今までとは何かが違うと思ったんだ。

あの夜、この場所で雨月に出会って、それからいろいろな彼女を知った。

寂しげな顔に、笑った顔。家に帰りたくないと言ったときの怯えた顔に、家の近くまでついていったときの安心したような顔。

記憶の中の彼女が、繰り返し頭の中によみがえる。

死にたがりのくせに、彼女はとても表情豊かだった。

そんなこと、彼女自身は気づいていないだろうけど。

雨月と一緒にいる時間は、自分がひとりだということも、世界が真っ暗だということも忘れていられた。

——今は、闇に飛び込むよりも、彼女に会いたいと思っている自分がいる。

「あれ？　市ヶ谷？」

声が聞こえ、ぼんやりしていた俺は我に返る。

振り返ると、あっけらかんとした顔をした一輝が立っていた。

俺と同じ、水色のYシャツにボーダーネクタイのK高の制服。

日焼けした肌と茶色の短髪、邪念《じゃねん》のなさそうな眼差しは、夜の闇を背にして立つには不似合いだ。

「こんな時間に何やってんの？」

「ちょっと近くに用があったから。お前こそ、こんなところで何してんの？」

「俺は塾の帰り。本当は九時に終わるんだけど、テストの結果が悪くて、居残りさせられちゃってさー」

うんざりした口調ながらも明るい表情の一輝は、弾むような足取りで俺の隣に並んだ。

一輝はきっと、俺のことが大好きだ。

憧れのような目で見られていることにも、だいぶ前から気づいている。

だけど一輝が好きなのは、爽やかで優等生の、偽物の俺だ。

卑屈《ひくつ》で死にたがりの本当の俺を知ったら、こいつは離れていくだろう。

そんな焦燥に駆られ、俺はときどき、一輝といるとつらくなる。

「そっか。遅くまで、大変だな」

ニコッと、夜にはしない偽物の笑顔を一輝に向けた。

一輝はいつものように目を細め、そんな俺を惚れ惚れと見てくる。

「俺バカだから、塾行ってないとすぐ成績落ちるんだよ。市ヶ谷は塾行ってないのに、いつも成績よくてすごいよな」

「さあ、どうだろ？　今は何とかやれてるけど、そのうちヤバくなるかも」

愛想笑いで謙遜《けんそん》したとき、ふと、雨月のことを一輝に聞いてみようと思いついた。

ふたりとも、この陸橋の先にある駅前の塾に通っているらしい。塾は複数あるけど、帰る時間が一緒だし、同じ塾かもしれない。学年も同じだから、知っている可能性がある。

「一輝。あのさ」

「うわ、ここ意外と夜景きれいだな〜。俺さ、高いところ苦手で、いつも下から帰ってたんだよね。近くに横断歩道ないから、けっこう遠回りなんだけど」

夜の景色を見下ろしながら、一輝がはしゃいでいる。

「でもやっぱ、ずっと見てるの怖いわ。で、何か言ったか？」

「――いや、なんでもない」

「なんだよ？　変なやつだな。俺に会えてそんなにうれしかった？」

ハハハ、と照れながら笑っている一輝に、俺も誤魔化すように「まあ、そんなとこ」と笑い返した。

雨月のことを、これ以上深く知ってしまうのが、急に怖くなったんだ。

希薄だからこそ成り立っている俺たちの関係は、中学はどことか、部活は何とか、そんなことを知ってしまったら崩れてしまうんじゃないだろうか。

お互いを深く知らないからこそ、わかり合えている関係だから。

会えないのはつらいけど、関係が崩れてしまうのはもっとつらい。


一輝としばらく話をしてから、陸橋を下りた先の交差点で別れた。

夜の街を、虚無感を抱えたまま家へと向かう。

玄関のドアを開けてスニーカーを脱ぐと、足音を立てないようにして廊下を進んだ。

「宵、いつまでテレビ見てるの？」

リビングから、恵里さんの声がする。

「ちょっと待って。もう少しで終わるから」

「エンディングの歌なんて何回も聞いてるのに、もういいじゃない。早くテレビ消して寝なさい、明日も学校なのよ」

うっすら開いたドアの隙間から、ソファーに座って、〝かっぱ～の〟のエンディングソングを食い入るように見ている宵が見えた。

お腹にピアノのついた河童のかっぱ～のが、個性的なキャラクターと並んで体操をしている映像が、テンポのいい音楽とともに流れている。

宵の隣には父さんが座っていて、「最後の歌が面白いんだよな。母さんはわかってないな」と茶化すように恵里さんに抗議していた。

「もう、親子そろって仕方ないんだから」

やれやれというふうに言いつつも、恵里さんは幸せそうな顔をしている。俺には決して見せない、家族の前だけの顔だ。

俺には到底入れない幸せな家族の団らんが、すぐそこで繰り広げられていた。いたたまれなくなった俺は、その光景から目を背けて、急ぎ足で階段を上る。

自分の部屋に入ると、電気もつけずにベッドに身を投げた。

真っ暗で冷ややかな空間。階下から響く楽しそうな笑い声。

まるで、この家からこの部屋だけが切り離されているみたいだ。

どうしようもないほどの孤独に襲われて、息が苦しくなる。

心臓がドクドクと鼓動を速め、俺は自分で自分の身を守るように、横向きになって膝を抱えた。

――『〝かっぱ～の〟って、懐かしくない？』

ぼんやりしているうちに、いつかの雨月の声を思い出していた。

ようやく息が楽になり、暗闇の中、わずかに口がほころぶ。

ある日突然、死にたがりの俺の前に現れた、死にたがりの女の子。

俺たちの関係は、いつ途絶えてもおかしくない関係だと、最初は思っていたのに。

いつの間にか彼女の存在は、俺の中で、他の何にも代えがたい特別なものになっていた。

今さら自確するなんて、俺らしい。

これはきっと、俺にとって、生まれて初めての恋だ。

五章　夜の光

水曜日も金曜日も月曜日も、私は冬夜に会いに行かなかった。

そもそも、冬夜と会ったことがあるのは数える程度。

このまま会わない日々が続いたら、すぐにまたもとの私たちに戻るだろう。

朝の電車内で、いつまでたっても私の存在に気づかない君と、君を意識してしまう私に。

それでいいのだ。

そもそも、私たちの関係なんて、いつ切れてもおかしくない希薄なものだったのだから。

深まる前に、本来の状態に戻ってよかった。

胸の奥にいまだ残っている痛みも、いずれ消えてなくなるだろう。

まるでこの一ヶ月、何事もなかったかのように。

どこかで誰かの人生が終わろうと、今日も変わらず夜を迎える、この街の景色のように。

今日は、塾のない火曜日だ。

九月もいよいよ終わりのせいか、昨日の夜からぐっと冷え込んで、午前中はくしゃみが止まらなかった。

「あれ？　雨月ちゃん、なんか顔が赤くない？」

昼休み。

いつものようにお弁当袋を持って私の席までやってきた芽衣が、心配そうに声をかけてきた。

「うん。ちょっと、風邪引いたみたい」

また、くしゅんと小さなくしゃみが出る。

芽衣が、すぐに「はい」とポケットティッシュを渡してくれた。

そこにもあのふわふわの熊が描かれていて、こんなものまでお気に入りのキャラでそろえるぬかりのなさに、感心してしまう。

「ありがとう、借りるね」

私は遠慮なく、ティッシュを借りることにした。

あたりから漂うお弁当の匂いで胸焼けするくらい、今日は食欲もない。お弁当を食べる気になれず、そのままぼんやりしていると、芽衣がますます心配そうな顔をした。

「雨月ちゃん、熱あるんじゃない？　保健室行こうよ、ついていってあげるから」

「うん……」

芽衣の優しさが、胸にしみる。

私と違って芽衣は大事にされるべき子なんだって、改めて感じた。

モヤモヤとした思いを抱えながら、私は芽衣の言葉に甘えて、一緒に保健室に向かった。

検温の結果は、37・5度。

無理はしないほうがいいと保健室の先生に言われ、早退することにする。

熱のせいでふわふわしたまま、私はひとりで校門を出て、真昼の電車に乗り込んだ。

登下校時と違って、この時間は人が少ない。

体温が高いせいか、それとも慣れない電車の雰囲気のせいか、いつもとは景色が違って見えた。

最寄り駅に着き、ぼうっとしながらホームを歩く。

すると見覚えのある人影が視界に入り、驚きのあまり足が止まった。

見間違いかと思ったけど、見間違いなんかじゃない。

向かいの上りのホームに、お兄ちゃんがいる。

顔が見えないくらい深くキャップを被っていて、見慣れない黒のパーカーを着ているけど、絶対にお兄ちゃんだ。スマホをいじっているうつむき加減の立ち姿とか、ときどき首のあたりを掻く独特の癖でわかる。

ジャージかスウェット姿じゃないお兄ちゃんを見るのは久しぶり。それよりも、昼のこの時間、明るい光の中にお兄ちゃんがいるなんて信じられない。

驚きすぎて、熱があることなんてすっかり忘れてしまった。

バレないように自動販売機の陰に隠れ、お兄ちゃんの様子を観察する。

やがて電車が来て、お兄ちゃんは車両の入り口付近に乗り込んだ。

発車のベルが鳴り、ドアが閉まる。

窓越しに見えるお兄ちゃんの姿は、動き出した電車とともに、すぐに見えなくなった。

心ここにあらずの状態で改札を出る。

お兄ちゃんに、いったい何があったんだろう？

まさか、ついに引きこもりから脱出したんだろうか？

「ただいま」

ふらつきながらリビングに入ると、お母さんが驚いたようにキッチンから顔を覗かせた。

「雨月？　どうしたの、学校は？」

「熱が出て早退したの」

胸がドキドキしているのは、ここ数年、学校を休んだり早退したりした覚えがないからだ。

お母さんに怒られそうで怖い。

だけどお母さんは、すぐに心配そうに近づいてきて、私のおでこに手を当てる。

「あら、ほんとに熱いわ、連絡してくれたら迎えに行ったのに」

「37・5度だから、たいしたことないと思ったの。普通に歩けたし」

「とにかく今日はもう勉強はいいから、すぐに寝なさい。お弁当は食べたの？」

「食べずに帰っちゃった。ごめんね」

「そんなことで謝らなくていいのよ。お粥《かゆ》用意してあげるわね。あと、風邪薬も」

言ったものの準備をするために、あたふたと動き出したお母さん。

こんなに親身になってくれるお母さん、いつぶりだろう？

怒られるんじゃないかと思っていたから、意外だ。

まるで、昔のお母さんに戻ったみたい。

お兄ちゃんが引きこもりになる前の、今よりずっと朗らかだったお母さんに。

ちょっと泣きそうになったけど、喉のあたりでこらえる。

「うん、ありがとう。あ、そういえば」

「どうかした？」

「さっき、駅でお兄ちゃんみたいな人見たんだけど……」

「あら、会ったの？　出かけたのには気づいてたけど」

お母さんは当然のように答えると、流しの下から出した片手鍋《かたてなべ》に、ジャーッと水道の水を入れた。

お母さんの返事に、私は耳を疑う。

「お兄ちゃん、出かけたりするんだ」

「毎年、この時期だけね。九月終わりとか、十月初めくらいかしら。いつも雨月が学校に行ってる時間に出かけるから、知らなくて当然よ」

「どこに行ったの？」

「お墓参りよ」

「お墓参り？　誰の？」

「中学と高校が一緒だった友達よ。高校のとき亡くなったの、言ってなかったかしら？」

「うん、知らなかった……」

高校生ということは、今の私と変わらない年齢で亡くなったのだろう。

悲しすぎる。

お兄ちゃんに、そんなつらい過去があったなんて。

一日中部屋の中にいるお兄ちゃんが、お墓参りのためには欠かさず外出するなんて、よほど仲がよかったのだろう。

腹立たしさから目を逸らしていたお兄ちゃんの過去に、急に興味が湧いてくる。

お兄ちゃんが学校に行かなくなったちゃんとした理由は知らない。

学校で人間関係がうまくいかなかったとか、勉強が嫌になったとか、部活に疲れたとか、そういうことが原因だろうと勝手に思っていた。

だけど。

――『たぶんお兄さんはお兄さんで、死ぬほど苦しんでるんじゃないかな』

いつかの夜の、冬夜の言葉を思い出す。

前もそうだった。

冬夜がくれる言葉は、いつも私の背中を押してくれる。

「ねえ、お母さん」

「ん？」

「お兄ちゃんは、どうして今みたいな状態になったの？」

リズミカルにネギを刻んでいたお母さんが、包丁を持つ手を止めた。

「あの子が言おうとしないから、はっきりとはわからないし、原因はひとつじゃないのかもしれないけど……」

何かをあきらめたような目で語るお母さんは、今まで幾度《いくど》も、お兄ちゃんが引きこもりになった原因を考えてきたのだろう。ときに自分を、ときに誰かを責めながら。

「五年前に、その友達が亡くなったことがきっかけになってるとは思うの。……自殺だったらしくて」

気持ち、声を潜めたお母さん。

――自殺。

なんて悲しい響きだろう。

その端的で残酷な言葉を耳にしただけで、鋭い刃で刺されたみたいに胸が痛い。

「そうだったんだ……」

それ以上は、言葉にならなかった。

えぐられるような胸の痛みを感じながら、その場に立ち尽くす。

「雨月、ごめんね」

押し黙っていると、お母さんが言った。

キッチンから悲しげに私を見ている。

「……え、何が？」

「お兄ちゃんがあんなことになって、あなたにはずっと無理をさせていたから」

まさかこのタイミングで、お母さんからそんなことを言われるとは思っていなくて、心臓が大きく跳ねた。

あまりにショックなことを耳にして、神妙な顔をしてしまったから、お母さんを不安にさせてしまったのかもしれない。

「そんなことないよ。別に、無理なんてしてない」

慌ててかぶりを振って、笑顔を浮かべた。

だけどお母さんは、笑って否定する私を見ても、悲しげな表情を崩さなかった。

「お母さん、お兄ちゃんが変わってしまって、どうしたらいいかわからなくなったの。しっかり者のあなただけが、心の支えだった。でも最近、疲れたような顔をしてたでしょ？　熱が出たのも、無理をさせすぎたせいなんだと思うわ」

「そんなこと……」

疲れた顔に見えたのは、冬夜のことがあったからだ。

だからお母さんは勘違いをしている。そう、これはただの勘違いなんだ。

バレてはいけない。無理をしてるなんて思わせてはいけない。

「本当は、ずっと気づいてたの。あなたが無理をしてるってこと。でも、見て見ぬフリをし続けた。そうすれば、私の気持ちが楽になるから」

予想していなかったお母さんの言葉に、みるみる作り笑いが引いていく。

「無理、なんて……」

ついに言い返せなくなった私の気持ちをわかっているかのように、お母さんが泣きそうな顔で微笑んだ。

「ダメな私が何を言っても心には響かないかもしれないけど……。これだけは覚えていて。あなたがいてくれるだけで、私は幸せなの。あなたはあなたらしく、好きに生きて欲しい」

お母さんにこんな温かい言葉をかけてもらえたのは、いつぶりだろう？

あまりにも急な変化で素直には受け入れがたいけど、何かがほどけたみたいに心が軽くなる。

「うん……」

どうしよう、泣きそうだ。

涙をこぼすものかと、唇を引き結んで耐える。

お母さんのつらさが、今さらのように身にしみた。

お兄ちゃんのことで悩んで悩んで、だからこそ、お母さんの心はもろくなってしまったのだ。

誰が悪い？なんて考えても、答えは見つからない。

お兄ちゃんのせいだと思っていたけど、それも違う。

人間は、何かのきっかけですぐに崩れてしまう、弱い生き物だから。

「……わかった」

短く答えた私は、もういつものような作り笑いを浮かべていなかった。気が利いた言葉も返さなかった。それでもお母さんは、満足したような笑みを返してくれる。

本当のところは、はっきりとわからない。

人の感情には、波のように起伏があって、お母さんは今笑っててもまた泣き出すかもしれない。

大人であろうと子どもであろうと、関係ない。人間が弱い生き物というのは、覆《くつがえ》らない事実だから。

だけどたぶん、私はお母さんに大事にされているのだろう。

お母さんの作ってくれたお粥を食べて、風邪薬を飲んで、ベッドに入った。

熱でうとうとしているのに、先ほどのお母さんとのやり取りが頭から離れなくて、なかなか眠れない。

お兄ちゃんなんて、大嫌いだった。

勝手に引きこもりになって、お母さんを悲しませて、私に迷惑をかけて、大学にも行かずに家でじっとしている。家族にとっての、厄介者《やっかいもの》としか思えなかった。

だけど今、私の中でとらえどころのない影みたいだったお兄ちゃんが、孤独なひとりの人間へと姿を変えていく。

私、知ろうともしなかった。

お兄ちゃんが、ずっとずっと、悲しみの底にいたことを。

きっと、声を出さずに助けを求めていたことを。

身勝手だったのは、お兄ちゃんを厄介者としか思っていなかった、私のほうだったのかもしれない。

窓の向こうが夕焼け色に変わり、やがて闇に染まっていく。

ようやく瞼が下りてきた頃、パタンというドアの音がして、再び目が開いた。

お墓参りを終えたお兄ちゃんが帰ってきたみたい。

夕暮れの空に浮かぶ半月を眺めながら、私は薬のせいでもうろうとした頭で、遠い昔にしたお兄ちゃんとの会話を思い出す。

――『夜になったら、外にはこわいお化けが出るんだぞ。本当だぞ。おれ、何回も会ったことがあるんだからな』

あれは、たしかまだ三歳の頃。

私はお兄ちゃんのその言葉に怯え、一時期は窓の外が暗くなっただけで泣きじゃくるくらい、手に負えなくなっていた。

圧巻の演技力で私を騙すことに夢中になっていたお兄ちゃんだったけど、あるとき、観念したように謝ってきた。私が断固として外食に行きたがらなかったから、お母さんとお父さんに叱られたみたい。

――『お化けがいるなんて嘘に決まってるじゃん。ちょっとからかっただけだって。

『だからもう怖がるなよ、悪かったって』
　だけど私はお化けはいるってすっかり信じ込んでいたから、お兄ちゃんの声に耳を傾けようとはしなかった。それくらい、闇というものはドロドロして不気味で、子どもも心にお化けの存在を感じさせたのだ。
——『おばけはいるよ』
——『だから嘘なんだって』
——『いるの！』
——『もー、めんどくさいな』
　ため息をついたお兄ちゃんが、私の手を握る。
——『いいか、お化けはいるかもしれない。だけどこうして誰かと手を繋いでたら、大丈夫なんだっていう特別ルールがあるんだ。だから俺が手を繋いでやろう』
——『いやだ』
——『どうしてだよ』
——『お兄ちゃんの手、ベトベトしてるんだもん』
——『……お前、本当にめんどくさいな』
　私はベッドから降りると、ふらつきながら部屋を出る。
　薄闇の中、お兄ちゃんの部屋のドアが、今日もひっそりと廊下に佇んでいた。

ダークブラウンの木製のドアが、今日は何だか、泣いているお兄ちゃんの背中に見える。

ドアの近くに寄り、コンコンとノックした。

もちろん返事はないけど、構わずに、ドアの向こうに声をかける。

「お兄ちゃん、今までごめんね」

いろいろなことを、お兄ちゃんのせいにしてごめん。

お兄ちゃんこそ、つらかったのにね。

お兄ちゃんは意地悪だけど、本当は優しいってこと、知ってる。

だってあのときの手、ベトベトだったけど、温かかったから——。

思ったとおり、返事はなかった。

いつもと同じで、怖いくらいに静まり返っている。

だけど私はなぜか、ドアの向こうで、お兄ちゃんが私の声を聞いているような気がしていた。


十月初旬の水曜日。

風邪がすっかり治った私は、塾帰り、久々にあの陸橋に向かった。

どうしても、冬夜にお兄ちゃんのことを報告したかったんだ。

冬夜がくれた言葉がきっかけで、お兄ちゃんの見方を変えることができたから。

お兄ちゃんが、私以上につらい思いをしていることがわかったから。

ここ最近、ずっと冬夜を避けていたから、もういないかもしれないけど……。

不安を抱えながら、陸橋の階段を上る。

すぐに彼を見つけて、ホッと胸を撫で下ろした。

制服のYシャツが、半袖から長袖に変わっている。

そのせいか、一週間会わなかっただけなのに、彼の存在を遠くに感じた。

半月の浮かぶ空の下、ゆっくりと、水色のシャツの背中に近づく。

まだここでこうして待ってくれていたんだという感動で、胸がいっぱいだった。

芽衣のかわいい笑顔が脳裏をよぎって胸の奥がチクンと痛んだけど、今だけは心の奥にしまった。

「冬夜」

欄干に頬杖をつき、夜の景色をじっと見ていた冬夜が、ビクンと肩を揺らす。

数日ぶりに見るきれいな顔が、私を振り返った。

一重のアーモンド形の目が、みるみる見開かれる。

「雨月……」

夜の空気にゆるりと溶けていく、耳に心地いい声。

「もう、会えないかと思った……」

語尾にいくに従い、彼の声は震えていた。

今宵の冬夜は、見たこともないほど儚げだ。

色白のせいか、真っ黒な海の中で人知れず輝く夜光虫みたい。

すぐにあぶくと化して、消えてしまいそうな。

「ちょっといろいろあって、来れなかったの。元気だった？」

今度こそうまく愛想笑いをするつもりだったのに、冬夜があまりにも悲しそうな顔をするから、うまくいかなかった。

冬夜は私を見つめたまま、しばらくの間押し黙る。

それから、聞こえるか聞こえないかの声量でボソッとつぶやいた。

「嫌われたかのかと思った……」

冬夜はずるい。

そんな泣きそうな顔をされたら、私のことを特別に思ってるんじゃないかって、期待してしまう。心臓がぎゅっとなって、気を許しそうになってしまう。

「死にたがりなのに、人に嫌われるのが怖いの？」

動揺を打ち消すように、冗談めかして意地悪なことを言った。

すると冬夜が、ますます悲痛な顔になる。

だから私は、慌てて「嫌いになんかなってないよ」と付け加えた。

「そんなんじゃなくて……。忙しくて来れなかっただけだから」

冬夜が、ようやく小さくうなずいた。

黒い瞳が、ホッとしたような色を浮かべている。

「あのね、冬夜。私の〝今日あったいい出来事〟聞いてくれる？」

「うん、もちろん」

冬夜は本当にずるい。

そうやって安心したように無邪気に笑われたら、心がざわついてしまう。

「お兄ちゃんのこと、少し理解できたの」

「お兄さんって、引きこもりの？」

「うん。お兄ちゃんが引きこもりになった本当の理由を知って、お兄ちゃんの見方が変わったんだ。今まで、理由を知ろうとも思わなかった。冬夜が前に、お兄ちゃんも苦しんでるんじゃないかって、言ってくれたおかげだよ」

お兄ちゃんは、もともとは愛嬌《あいきょう》があって、明るくて、私とは違って友達を大事にする人だった。

きっと、私には想像もつかないほどの苦しみの中にいるのだろう。

よく知っている人が自殺なんて、考えただけでも身が凍る。

「私がするべきだったのは、お兄ちゃんを憎むことじゃなくて、支えることだったんだと思う」

ギスギスと胸を痛めながら、誰にも言えない思いを、冬夜に打ち明けた。

からかわれていたんだとしても、私には、冬夜しかいないから。

黙って私の声に耳を傾けていた冬夜は、うなずいて、私の思いを受け止めてくれた。

「うん、そうだね。俺は死にたがりのどうしようもないやつだから、こんなとき、気の利いたことが言えないけど――」

嘘だ。冬夜は本当は、死にたがりのどうしようもないやつなんかじゃない。

気づかないうちに、私を前へと導いてくれた。

「――そんなふうに考えられる雨月のこと、好きだな」

告白みたいな冬夜のセリフに、一瞬思考が止まった。

冬夜がそんなつもりで言ったわけじゃないのはわかってるのに、みるみる顔に熱が集まっていく。

自分の失言に気づいたのか、冬夜も我に返ったように赤くなった。

「あ、いや。そういう意味じゃなくて、人として……」

「うん、わかってる」

冬夜には、芽衣がいる。

でも、それでも。
「私、冬夜に会えてよかった」
まるで、咲き方を忘れた蕾《つぼみ》が花開くように。
そのとき私は、自分でも驚くほど素直に笑っていた。
風が、どこからか夜の香りを運んでくる。
濡れた葉のような、甘い花のような、懐かしい香り。
すると冬夜も今度は照れることなく、まっすぐに私を見返してくれた。
「うん、俺も」
車のヘッドライトに、信号機の赤や青、店舗看板の流れる文字。
色とりどりの小さな光が、今日も消えることなく、夜の世界で瞬いている。
まるで、闇に埋もれてしまわないよう、必死にもがいている私たちみたいだ。
私はきっと、本当は、闇に溶けたかったんじゃない。
真っ暗な世界で、行く先を照らしてくれる、一筋の光を求めていた。
ちょうどそう。目の前にいる、この人のような——。
心の奥に芽生えた感情に、素直に目を向けようとしたそのとき。
冬夜が私の背後に視線を投げかけ、「あ」と言った。
「友達だ、最近よく会うな。高いところ、苦手なんじゃなかったのかよ」

「友達？」

振り返ると、なるほど、階段を上ってくる長細いシルエットが見える。

うっすらと見えるボーダーのネクタイ、K高の制服だ。

「毎朝一緒の電車で学校行ってるやつなんだ。あいつも、駅前の塾に行ってるらしいよ」

「あ、市ヶ谷！」

すると、その友達らしき彼が、うれしそうに大声で叫んだ。

それから、片手を大げさにブンブンと振ってくる。

だけど私は、彼の姿を直視できないほど、激しく動揺していた。

彼の声に、怖いほど聞き覚えがあったからだ。

ほんの数年前、だけど私にとっては大昔にも思える頃、毎日耳にしていた声。

「また会ったな！　今日も近くに用があったのか？」

茶色の短髪の彼が、私たちのほうへと近づきながら、声を弾ませた。

冬夜に会えたことがさも幸せとでもいうように、仔犬《こいぬ》みたいな人懐こい笑みを浮かべて。

「一輝、今日も居残りだったのか？」

「いや。今日は授業が延長しただけ。マジだるかった～」

ドクンドクンと、今までにないほど心臓が暴れている。
どうして？　こんなこと、あり得ない。
何もかもが、奇妙で、不自然で、あり得るはずがない。
陸橋を通り抜ける夜風が、今までにないほど冷えているように感じた。
夜風に煽られ、冬夜の黒髪が、サラサラと流れるように揺らいでいる。
「ん？　どうかした？」
顔色をなくし、立ち尽くしていたせいか、冬夜が不思議そうに私を見る。
闇によく映える白い肌に、アーモンド形のきれいな目。
筋の通った鼻に、形のよい唇。
いつ見ても、きれいな冬夜。
だけど、冬夜の友達が、いよいよ私たちの目の前に来たその瞬間。
強い風が吹き、冬夜の姿が、あっという間に掻き消されていった。
濡れた葉のような、甘い花のような、夜の香りが濃くなっていく。
まるで夜風が、見えているすべてをさらっていくように。
彼を取り巻く世界そのものが、深い闇に覆いつくされていく――……。
……――一瞬の空白のあと、視界が戻る。

私は、たったひとりで、誰もいない夜の陸橋に立っていた。

『ん？　どうかした？』と首をかしげたばかりの冬夜の姿は、もうどこにもない。

茶色い短髪の彼もいない。

ふたりとも、つい先ほどまでいた気配すらまるきり残っていなかった。

濡れた葉のような、甘い花のような、夜の香りが変わらず漂っているだけ……。

どうしようもなく足先が震えて、立っているのもやっとだ。

冬夜が一輝と呼んだ彼は、どこからどう見ても、私のお兄ちゃんだったから――。

佐原一輝、二十一歳。

名前だって一緒だ。

だけど今しがた夜風にさらわれるようにして消えてしまったお兄ちゃんは、私と同じくらいの年にしか見えなかった。まだ引きこもりになる前の、明るかった高校生の頃の彼にしか。

「どういうこと……？」

胸の動悸が激しくて、うまく息ができない。

私は欄干をつかみ、下を向いて、呼吸が落ち着くのを待った。

どうにか息が整ってからも、放心状態からなかなか抜け出せない。

そのとき、ところどころはがれた欄干の塗装が目に入った。

前に、意外と塗装がきれいだと思ったのを覚えている。

あのときは、塗り替えたばかりなのだろうと、深くは考えなかった。

だけど、今は違う。

一ヶ月足らずで、こんなに年季が入るわけがない。

「まさか……」

欄干に手を乗せたまま、おそるおそる前を見る。

道路を行き交う車のヘッドライト、信号機の赤や青、窓明かりを灯しながら立ち並ぶビルや家々。

見慣れた夜の光景――のはずなのに。

「マンション、やっぱりない……」

冬夜が教えてくれた、おばあちゃんの住んでいるマンション。

たしか、昭和に建てられたような、老朽化した白い建物だった。

だけど、夕方に探したらどうしても見つからなくて。

暗い時間と明るい時間では、景色の見え方が違うからだろうと思っていたけど、夜の今でさえどこにも見当たらない。

それだけじゃない。

よく見ると、冬夜と眺めたときはなかったはずのタワーマンションがある。

上空には、煌々と輝く半月。

さっきまで、三日月だったはずなのに――。

中高生を中心に人気の、芽衣がハマっている、ふわふわの熊キャラを知らないと言った彼。

「冬夜は……」

引きこもりになる前の高校生の姿のお兄ちゃんを、友達と呼んだ彼。

――『あの子が言おうとしないから、はっきりとはわからないし、原因はひとつじゃないのかもしれないけど……』

お母さんの声が、頭の中で鳴る。

――『五年前に、その友達が亡くなったことがきっかけになってるとは思うの。……自殺だったらしくて』

まさか、まさか、まさか。

次の瞬間、私は気持ちの急《せ》くままに走り出していた。

陸橋の階段を下り、夜の街を、家に向かって夢中で駆ける。

道行く人が、一心不乱に走る私を、不思議そうに目で追っていた。

永遠に続くのかと思うほど、闇は深い。だけど、のみ込まれてはだめだ。

真実が知りたい。

たとえ、身を切るような残酷な真実でも——。

息せき切りながら、玄関のドアを開けて家の中に転がり込む。学校指定のこげ茶色のローファーを脱ぎ捨て、廊下に駆け上がった。

いつもは開けっ放しの洗面所のドアが閉まっている。ドアの向こうから、誰かがシャワーをしている音が響いていた。

「雨月？　帰ったの？」

リビングから、お母さんの声がした。だからお母さんがお風呂に入っているわけではない。

玄関に靴がなかったから、お父さんはまだ仕事だろう。

つまり今お風呂に入っているのは、お兄ちゃんだ。

——今しかない。

私はお母さんの声には答えずに、すぐさま階段を上った。会話を交わしている余裕なんて、今の私にはなかった。

「雨月？　ご飯食べないの？」

リビングから出てきたお母さんが、階段下から声をかけてくる。

「今日は先に宿題終わらせるから！」

錯乱《さくらん》したまま無我夢中で叫ぶと、お母さんは「しょうがないわね～」とリビングに戻っていった。

――急がないと、時間がない。

バッグを廊下に置き、自分の部屋ではなく、迷わずお兄ちゃんの部屋に入る。

壁のスイッチを押して電気をつけると、意外と片づいている室内が露《あら》わになった。

無造作にリモコンが投げられたベッドに、きちんと本の並んだ勉強机、壁に貼られた外国のサッカー選手のポスター。小型テレビの置かれたスチールラックには、サッカーの試合で貰ったトロフィーや盾《たて》が並んでいる。

真実を教えてくれるものを探すため、素早く部屋中に目を配った。

いろいろな緊張が混ざり合って、ドクドクと鳴る心臓が耳にうるさい。

「あった……」

やがて私は、スチールラックの一番下、積み重なった雑誌の奥に隠すようにしてしまわれていた、卒業アルバムを見つける。お兄ちゃんは高校を卒業していないから、小学校と中学校のときのだけだ。

――『中学と高校が一緒だった友達よ』

お母さんの言葉を頼りに、中学の卒業アルバムを開くと、個人写真に一組から順に目を凝らした。

すると、二組のページに、今よりもあどけないお兄ちゃんの姿を見つける。

佐原一輝。

そう記名された写真の中のお兄ちゃんは、学ラン姿で、ニカッと愛嬌たっぷりに笑っていた。

——そして、その右斜め上に〝彼〟はいた。

市ヶ谷冬夜。

五年前のアルバムの中で微笑んでいたのは、私が知っている姿と、ほとんど変わらない冬夜だった。

アーモンド形の一重の目に、整った鼻筋、見慣れない学ラン姿。

こうやってたくさんの顔写真の中で見ると、際立ってきれいな顔をしている。あまりにもきれいで、胸が苦しくなるほどに。

やっぱり、という絶望に似た予感が、胸を貫《つらぬ》いて落ちてくる。

——ガチャ。

お兄ちゃんがお風呂のドアを開けて洗面所に出る音が、階下から聞こえてきた。

冬夜の写真に見入っていた私は、弾かれたように顔を上げると、急いで卒業アルバムをもとに戻す。

そして電気を消し、足音を立てないように注意しながら、お兄ちゃんの部屋をあとにした。

自分の部屋のドアを閉めるなり、ドアに背を預けるようにして、ズルズルとその場に座り込む。

電気もつけないまま、スカートのポケットからスマホを取り出すと、震える手で検索サイトを開いた。

『市ヶ谷冬夜』

指先がおぼつかないせいで、その名前を入力するのに、ずいぶん時間がかかった。

表示された検索結果をどうにかスクロールすると、とある見出しが目に飛び込んでくる。

その瞬間、この世のすべてが色を失った。

【高校生、夜の陸橋から転落し死亡】

「……っ」

息を震わせながら、そのサイトを開く。

五年前の十月八日のその記事には、市ヶ谷冬夜という十六歳の高校生が、昨日の夜にあの駅前の陸橋から転落して死亡したと書かれていた。

──カタン。

この世の終わりのような音を鳴らして、私の手のひらから床へと落下するスマホ。

階段を上ったお兄ちゃんが、自分の部屋のドアを閉める音がした。

まるで、この世から自分の世界だけを遮断するような、パタンという無機質な響き。

「……はっ」

頭の中がどうにかなりそうだ。

呼吸の仕方すらわからなくなり、どうにか空気を保つために、口元を両手で覆って耐える。

「そんな……、嘘………」

市ヶ谷冬夜という高校生は、五年前、すでに亡くなっていた。

駅前のあの陸橋から、夜の車道に真っ逆さまに転落して。

ニュース記事には事故としか書かれていなかったけど、実際は自殺なのだろう。

だって、お母さんがそう言っていたから。

それから、冬夜の友達だったお兄ちゃんが、自分を見失うほどショックを受けたのだから。

いろいろな音が聞こえなくなったあとの、夜の静けさが身にしみる。

あまりにも静かで、物音ひとつしなくて……ここが冬夜の存在しない世界だということを、否《いや》が応でも思い知らされた。

冬夜は十六歳のまま、あのきれいな姿のままで、夜の闇の中に消えていた。

混乱した頭では、何がどうなっていたのかなんてわからない。

それでも、午後九時すぎからの数十分、塾の帰りに通るあの陸橋が五年前に繋がっていたことだけは、かろうじて理解できた。

夜という特別な時間が導いた、幻《まぼろし》のひととき。

そこで私は五年という時を隔てて、市ヶ谷冬夜という死んでしまった高校生に出会い、彼を知った。

「冬夜……」

何も考えられなくなって、座っていることすら限界だった。

ここは彼の存在しない世界なのだという事実が、迫りくる波のように容赦なく私を襲う。

泣きじゃくりたい衝動が、胸の奥から突き上げた。

苦しい、悲しい、つらい。

心がぐちゃぐちゃになって、今にも消えてしまいそうだ。

お兄ちゃんは引きこもりのニート、でも生きている。

お母さんはいつも泣いてばかり、でも生きている。

そして、窮屈な毎日にうんざりしている死にたがりの私も、結局のところ生きている。

でも、冬夜はどこにもいない。

意地悪な笑い方をすることも、照れたように視線を逸らすこともない。

気まぐれな優しさを見せることも、私がしばらく来なかったからって泣きそうになることもない。

まるで夜風にさらわれたかのように、私の前から忽然《こつぜん》といなくなってしまった。

喉が震え、目頭が熱くなる。

暗闇の中に沈む見慣れた部屋の光景が、涙でかすんでいった。

──『そうだ、〝死にたがりこじらせ部〟を作らない？』

そう言ったときの、彼の顔を覚えている。

なぜかちょっと誇らしげで、だけどどこか寂しげだった。

──『どちらかが死んでしまったら、それで解散』

「うう……っ」

私は肩を震わせ、悲しみの底でむせび泣いた。

解散も何も、そもそも君という人間は、もういなかったのだから。

死にたがりどころか、とっくに死んでいたのだから。

私の命に光をくれたのは、君の命の残骸《ざんがい》だった。

心が空っぽで、まるで抜け殻のよう。

冬夜はやっぱりずるい、ずるすぎる。

ただでさえ死にたがりの私をこんなにも悲しませるんだから、最低だ。

いっそのこと彼に出会わなかったら、こんな悲しみとは無縁だったのに。

こんなに胸を痛めることも、こんなにみっともなく泣きじゃくることもなかったのに。

「うっ、うっ……」

涙はいつまでも止まらなくて、私は子どもみたいに声を上げて泣き続けた。

お兄ちゃんに聞かれようが、お母さんに心配されようが、どうでもよかった。

つらくてつらくて、のたうち回るほど苦しくて。

冬夜を憎み、そして責めた。

どうしてもうこの世にいないくせに、私と出会ったのって、今は透明な空気でしかない彼を責め続けた。

そして、ようやく泣きやんだ頃。

空っぽの心が導き出したのは――たったひとつの本当の想《おも》いだった。

冬夜に会いたい。

彼の絶望に、寄り添いたい。

六章　夜に恋う

【冬夜side】

昼より、夜のほうが好きだ。

子どもの頃からそうだった。

明るい世界とは違う、神秘的な世界。

小さかった俺は、見えない闇の向こうを想像しては、恐怖に怯え、そして興味を抱いた。

花火大会のあと、人の喧噪《けんそう》が遠のいた河原を覆っていた、濃厚な黒い闇。

友達の家からの帰り、見慣れたはずの公園を別の場所のように見せていた、群青色《ぐんじょういろ》の夕暮れの闇。

夜は奇妙で魅力的だ。

そして昔から、俺は自分でも驚くほど、夜になると心が落ち着いた。

見慣れた景色を、いつもとは違う姿に変えてくれる夜という時間は、不安にまみれた俺の心を解放してくれた。

だからだろうか。

初めて死にたがりの彼女に出会ったとき、夜という特別な時間が導いてくれたんだと、率直に感じた。

闇に向けて、欄干から手を伸ばしていた彼女の姿を、今でもはっきりと思い出せる。

背中まで伸びた黒髪と、灰色のプリーツスカートが、夜風に煽られ波打つように揺らいでいた。

一瞬、夜の妖精《ようせい》が現れたのかと思ったのは、彼女には永遠の秘密だ。


「市ヶ谷～。隣のクラスの小林《こばやし》が、さっきお前のこと見てたぞ」

午前中の休み時間。

自分の席で呆然と頬杖をつき、ぼんやりと雨月のことを考えていた俺は、一輝の声で現実に引き戻される。

机の前にしゃがみ込み、座っている俺を下から見上げてニヤニヤしている一輝と目が合った。

「気のせいだろ」

「本当だって！　めちゃくちゃじっと見てたし。モテるやつはいいよな～」

「それだけでモテるとか言うなよ」

俺の本性を知ったら、皆がたちどころに逃げていくだろうな。そんなことを思いながら、茶化す一輝を笑顔であしらう。

そして、昨日の夜久しぶりに会った彼女のことを想った。

――『私、冬夜に会えてよかった』

彼女といるとき、俺は弱くて卑屈で死にたがりの、ただの自分だった。

自分が大嫌いで、いつ消えてしまってもいいと本気で思っていた。

だけど雨月は、そんなダメな俺に会えてよかったと笑ってくれた。

そのはずが、そのあと一輝がやってきて、目を離した一瞬に彼女はいなくなってしまったんだ。

まるで、闇に吸い込まれてしまったかのように――。

あまりにも突然だったから、すぐには状況をのみ込めなかった。

それほど急いで帰りたかったんだろうか？

やっぱり嫌われてたんだろうか？

ネガティブ思考の俺には、そんなよくない考えしか浮かばない。

お兄さんのことを話してくれた彼女は、いつになく澄んだ目で俺を見つめてきて、嫌われているようには感じなかったのに。

むしろ、好かれているんじゃないかと期待してしまうような雰囲気だった。

それなのに、どうして……。

「どうした？　さっきからボーッとして」

「いや、別に」

またぼんやりした俺を、不思議そうに見ている一輝。

一輝を安心させるように、俺はもう一度笑って誤魔化した。

一輝は、俺を慕《した》ってくれている。

だからこそ俺は、やっぱりときどきつらくなる。

俺は一輝が思っているような優れた人間じゃないから。

俺が本当は死にたがりのどうしようもないやつだってことを知っているのは、この世でたったひとりだけなんだ。

木曜日の今日は、雨月に会えない。

だけどどうしても、昨日彼女が急にいなくなった理由が知りたくて、俺はいても立ってもいられなくなっていた。

俺に会えてよかったって言ったのに。今までにないほど、距離が近づいたように感じたのに。

何か傷つけるようなことをしただろうか？

思い当たることはないけど、無意識のうちに、彼女を不快にさせてしまったのかもしれない。

放課後の駅。

俺は帰宅時に利用するホームではなく、反対方面行きのホームに立った。

Y女子が、この駅から三駅先にあるのは知っている。

電車の窓から見えるY女子の宣伝看板で、最寄りの駅名を何度か見たからだ。

目的の駅で降りると、下校中のY女子の制服を着た女子たちの中を逆行した。

もしかしたらこの中に雨月がいるかもしれないと思って、Y女子の生徒とすれ違うたびに確認する。

見たところいなかったから、まだ学校にいると思いたい。

わりとすぐに、煉瓦造りの英国風の校舎が佇むキャンパスが見えてくる。

俺は鉄製のアーチ門が見える位置に立ち、学校から出てくる女子たちに目を配った。

あちこちで笑い声を響かせている、赤いリボンに灰色のプリーツスカートの生徒たちの中に、雨月の姿はない。きりがなかったけど、それでも俺はひたすら雨月を探し続けた。

「ねえ、あれ」

「K高の男子じゃない？」

そのうち俺に気づいた女子たちが、ヒソヒソと噂しながら、訝しげにこちらを見始めた。

見られるのは好きじゃない。

落ち着かない気持ちでいると、「あの」と声をかけられる。

Y女子の生徒がふたり、目の前にいた。

「誰か待ってるんですか？　呼んできましょうか？」

人好きのする笑みを浮かべている彼女たちは、本心はわからないけど、俺に親切心を見せようとしているようだ。

「あ、はい。その……」

言いかけて、俺は雨月の苗字を知らなかったことに気づいた。

「名前が〝雨月〟って子、知りませんか？　雨の月って書いて、雨月って読むんですけど」

「うづき？　うーん、知らないな。知ってる？」

問われた女子が、かぶりを振った。

「ちょっとわからないです。〝美月〟なら知ってますけど。苗字は？」

「それは、わからないんです」

怪しいことしか言っていない自分に気づいて、誤魔化すように、よそ行きの笑みを浮かべた。

すると彼女たちは目配せをし合い、「何年生ですか？」と聞いてくる。

「一年生です」

「ちょっと待っててくださいね。一年の子に聞いてきますから」

パタパタと校舎のほうに戻っていった彼女たち。

結果は、雨月なんていう名前の生徒は、この学校にはどの学年にもいないという信じられないものだった。

俺は呆然としながら、女子の群れに紛れ、慣れない道を駅へと戻る。

雨月という生徒は、存在しない？

じゃあ、あの雨月は誰なんだ？　どうしてY女子の制服を着ていた？

まさか、偽名？　でも、偽名を使っているようには思えなかった。

彼女の名前は雨月だと、俺の直感が言っている。

混乱しつつ電車に乗り、この不思議な現象の理由を考える。

結局答えは出ず、俺は大きな不安を胸に残したまま、家にたどり着いた。

自分の部屋に直行し、制服姿のままゴロンとベッドに横になる。

窓から射し込む夕日が、部屋を朱色に染めていた。

雨月との不思議な出会いについて、考えを巡らせる。

俺が夜に頻繁にあの陸橋に行くようになったのは、ここ最近というわけではない。

二年……いや、もっと前からか。

家にいることに耐えられなくなって、あてもなく夜の街に飛び出したのがきっかけだった。

たまたま通りかかったあの陸橋で、そういえば子どもの頃父さんに『あのマンションの五階が母さんの昔住んでいた家だよ』と言われたのを思い出した。

それからは、心の拠りどころを求めるように、あの陸橋に通うようになった。

週に三回くらい、いや、もっとかもしれない。

雨月も、塾に通い出したばかりという雰囲気ではなかったから、塾の帰りにあの陸橋を通るようになって、しばらく経っていたんだと思う。

なのに俺たちは、ある日突然、あの時間、あの場所で出会った。

この違和感が何を意味するのかわからないけど、胸がそわそわして落ち着かない。

急に雨月が遠いところに行ってしまったような焦りに駆られた。

夕焼け色が徐々に濃くなり、やがて夜が訪れる。

夕食が始まったらしく、階下から宵たちの賑やかな声が聞こえてきた。

「やった〜、からあげだ！」

「こら！　食べている間はテレビ消しなさいって言ってるでしょ？」

「はーい」

もう何年も、俺は彼らと一緒に夕食を食べていない。

俺の夕食はいつもラップをされて、ダイニングテーブルの端に置かれている。

それを皆が寝た頃に、ひとりで食べる毎日。

父さんも恵理さんも、もはやそのことについてとやかく言ってこない。

俺にとっても、すっかり日常になってしまった。

それなのに今日はどういうわけか、孤独が這《は》いずるようにして胸に迫る。

俺はいたたまれなくなって、部屋をそっと抜け出すと、玄関から夜の世界へと逃げ出した。

青い道路標識を掲げた白い陸橋は、闇の中、今宵も色とりどりの光が瞬く夜の街を見下ろしていた。

階段を上り、誰もいない陸橋の真ん中に行く。

せわしない夜の街で、そこだけ切り取られたかのように、ひっそりとした静けさに包まれていた。

今日は雨月の塾がない木曜日だ。

だからいなくて当然なのに、俺はどういうわけか、彼女がいない現実にひどくがっかりしていた。

——大丈夫だ、明日になったらまたきっと会える。

そう言い聞かせても、納得できない自分がいた。

Y女子には、雨月という名前の子は存在しなかった。

それだけのことでこんなにも不安になるのは、俺の心が弱いからなのか。

今まで以上に、孤独な夜だった。

気を抜くと闇に吸い込まれて、もう二度と、この景色を見れなくなるんじゃないかと本気で思うほどに。

欄干を両手でつかみ、震える呼吸を繰り返す。

ある日突然出会った、雨月という名前の、死にたがりの女の子。

互いの心の傷を癒し合うように、俺は似た者同士の彼女と、少しの間だけでも一緒にいることを望んだ。

誰にも見せたことのない、卑屈でダメな俺の本性をさらしても、彼女は拒絶せずに俺のところにきてくれた。

彼女と一緒にいる時間は、とても心地がよかった。

たまにしか見られない彼女の笑顔を、もっと見たいと思うようになった。

ときどき恥ずかしそうにする姿を、かわいいと思うようになった。

『帰りたくない』と言って泣きそうな顔をした彼女を、抱きしめたいと思ったこともある。

そして、気づいたんだ。

彼女は、とてもきれいな命を持っている。

延々と続く夜の中、人知れず悩んで、笑って、恥じらって、泣いて。

俺はずっと、彼女のきれいな命を、闇に埋もれないように、そばで見守りたかった。

だけどその雨月は、もういない。

十月に入ったばかりの、冷たさの入り混じった秋の風にさらわれるようにして、俺の前から消えてしまった。

だったら俺は、これから、何を支えにして夜を乗り越えていけばいいのだろう？

孤独が雪崩《なだれ》のように胸に押し寄せ、みじめな俺の心を責め立てる。

老朽化した白い七階建てのマンションが目に入った。

死んだ母さんの実家だ。今も、ばあちゃんが住んでいる。

気づけば俺は、引き寄せられるようにして、そのマンションに向かって歩き出していた。

陸橋から見る分には近く感じるけど、歩けばまずまずの距離があった。

ただひたすら、片道二車線の車道に面した歩道を歩き続ける。

行き交う車のエンジン音、通りすぎるサラリーマンたちの笑い声、甲高《かんだか》く鳴り響くクラクションの音。

せわしない夜の音の中を泳ぐようにして、俺は一心に、ばあちゃんが住むマンションを目指した。

今までも、いくらでも行く機会はあった。

それなのに行かなかったのは、最後の希望を残しておきたかったからだ。

だけど深い孤独を感じた今は、急き立てられるように足が動いていた。

〝メゾン月見草《つきみそう》〟

たどり着いたマンションの入り口には、剥《は》げかけのペイントで、そう書かれていた。

年季の入った、赤銅色《しゃくどういろ》の扉のエレベーターに乗り込む。

たどり着いた五階には、四つドアがあった。

どれがばあちゃんの家かわからず、なすすべもなく立ち尽くす。

わかっているのは、母さんの旧姓である、小山《こやま》という苗字だけ。

だけど、どの部屋にも表札が見当たらない。

キィ……。

そのとき、ドアのひとつが開いた。

中から出てきたのは、ゴミ袋を手にした、白髪のおばあさんだった。

おばあさんはエレベーターのボタンを押したあとで、共有廊下に立ち尽くす俺を、不審そうにジロジロと見てくる。

古い住人しかいないような、昔からあるマンションだ。

見慣れない人間なんて、怪しいに決まっている。

俺は、おばあさんに向かって頭を下げた。

「あの、すみません。小山さんの家ってどこですか？」

「ああ、小山さん？」

思った以上に大きな声が返ってくる。耳が遠いのかもしれない。

「小山さんなら、そこの家よ」

おばあさんがドアのひとつを指差した。

「ありがとうございます」

俺は大きな声でお礼を言うと、そのドアに向かおうとした。

「でも、いないかもしれないよ」

おばあさんが言う。

「そうなんですか？」

俺は足を止めた。

するとおばあさんが俺に近づき、口に手をあてがって、噂話でもするようにささやいた。

「また入院してるかもしれないからね。なんでも娘さんが――……」

同情を匂わせつつも、半ば他人事のように語るおばあさん。

声とも音とも違う、未知の響きを聞いているような気分だった。

「……そう、だったんですか」

「ね、気の毒な話よね」

おばあさんが大げさに眉を寄せ、さもかわいそうと言わんばかりの顔をする。

ようやくエレベーターの扉が開いた。

おばあさんは俺に背を向けると、「よいしょ」とゴミ袋を持ち上げてエレベーターに乗り込んだ。

俺は放心状態のまま、おばあさんを乗せたエレベーターの扉が閉まるのを見つめていた。

共有廊下を照らす蛍光灯のひとつが、チカチカしている。

そこに一匹の蛾《が》が止まったり離れたりしている様子を視界の隅にとらえながら、俺はいつまでも、その場に立ち尽くしていた。

七章　夜明けの涙

どんなにつらくても、生きている限り、嫌になるくらい朝はやってくる。

「雨月、おはよう」

「おはよ、ママ」

昨夜泣きじゃくったせいで腫れた目元を見られないよう、私はうつむきながら、お母さんのいるカウンターキッチンの前を通りすぎた。

ぼんやりとしたまま、ダイニングチェアに座る。

掃き出し窓から降り注ぐ、柔らかな朝の光。

お皿の上に盛られた、おいしそうな匂いのする、ベーコンとスクランブルエッグ。

テレビから聞こえる、朝のお天気キャスターの明るい声。

今の私には、どんな情景も、匂いも、音も、残酷としか思えない。

冬夜の存在していないこの世界は、空っぽと同じだ。

「昨日、夜中まで音がしてたけど、遅くまで起きてたんじゃない？」

「うん、ちょっと寝れなくて……」

「そう。また体調崩さないように、ほどほどに休むのよ」

お母さんが、心配そうに声をかけてくる。

だけど今の私は、お母さんの優しい言葉に心奪われている余裕などなかった。

「うん、わかってる」

窓の向こう、水色の空を、霞のような雲が儚く泳いでいる。

――五年。

冬夜がこの世からいなくなって、そんなにも長い年月が経っていた。

今日もこの世界は、あの頃と変わりなく動いている。

いつものお天気キャスターが、スタジオのメインキャスターとやり取りしながら、楽しそうに笑っていた。

誰かが泣いている裏で、誰かが笑っている。

矛盾だらけで残酷なこの世界が怖い。

冬夜と同じように、私も逃げ出してしまいたい。

終わりのない闇に身をゆだね、色とりどりの夜の光と一体化して、永遠になりたい。

《〇〇さん、お気づきになりましたか？　これ、実は五年前のカレンダーなんですよ》

お天気キャスターの声が、ぼんやりとした意識に刺さった。

五年前――その言葉に引き寄せられるように、うつろな目をテレビに向ける。

どこかの建物の前に、白のジャケットを羽織ったいつものお天気キャスターのお姉さんが立っていた。両手にひとつずつカレンダーを持って、上品な笑みを浮かべている。

《へえ〜、そうなんですね。カレンダーがまったく一緒の年ってあるんですか》

画面の下に小さく映っているスタジオのメインキャスターが、感心したように言った。

《閏年《うるうどし》の関係で、三月から十二月までの間だけですけどね。めったにない奇跡らしいですよ》

《奇跡！　素敵じゃないですか》

私はふと、以前耳にした冬夜の声を思い出す。

――『じゃあ、部活の日は月・水・金、活動場所はこの陸橋ってことで』

野菜ジュースの入ったグラスを持つ手が止まる。

そういえば。

五年という歳月の隔たりがあったのに、私たちの時間的な会話は不思議と成立していた。

あの頃はまさか五年前を生きる冬夜と話していたなんて思いもしなかったから、当たり前のことだと思っていた。

だけど、よく考えるとおかしい。

食い違いが生じなかったのは、五年前の曜日と今年の曜日が、たまたま重なっていたかららしい。

テレビの横に貼られたカレンダーに視線を移す。

今日は、十月七日の金曜日。

昨日見た五年前のネット記事は、十月八日付だった。内容は、前日の事故のこと。

つまり十月七日の今日は、冬夜の命日だ。

私は息をのむと、急いでダイニングチェアから立ち上がった。

「ごちそうさま」

「あら、ほとんど食べてないじゃない」

「ごめんね、ちょっと食欲なくて。でも、元気だから心配しないで」

早口でお母さんに告げると、足早に階段を駆け上がる。いつものように、お兄ちゃんの朝食を部屋に持っていくどころじゃなかった。

部屋に入ると、勢いよくドアを閉め、その場に立ち尽くす。

ドクドクという心臓の音が、鼓膜をひっきりなしに震わせていた。

思うに、冬夜と出会ったあの陸橋は、午後九時頃、五年前の同じ時間に繋がる。

私たちふたりだけのときに起こる、特別な現象なのだろう。だから過去のお兄ちゃんが現れたあのとき、私は今の時間軸に引き戻されてしまった。

私たちの特別な時間の中で、冬夜が亡くなるのは今夜だ。

冬夜がもうすぐ亡くなってしまうという事実が、また胸に迫って、私は立っていることができずにその場にしゃがみ込んだ。

そんなの、絶対に嫌だ。

助けたい、何がなんでも助けたい。

でも、どうやったら絶望の淵《ふち》にいる彼を救える？

死にたがりの彼の心を変えられる？

そもそも冬夜は、どうして死のうと思ったんだろう？

死にたがりだけど、死ぬのは怖いって言っていたのに。

冬夜の死のきっかけを作ったのは何だった？

冬夜との過去の会話から、必死にその答えを見つけようとして、記憶を辿《たど》った。

だけどこれといった記憶が見つからず、頭を抱えていると、ポケットの中でスマホがブルブルと震える。

たぶん、芽衣からのメッセージだ。

芽衣は電車に乗ったとき、だいたいおはようのメッセージをくれるから。

だけど今は読む気になれず、スマホをポケットから取り出そうとも思わなかった。

そのとき、芽衣のメッセージアプリで見た〝市ヶ谷くん〟という名前が頭に浮かんだ。

顔を上げる。

市ヶ谷冬夜は五年前に亡くなっていた。
じゃあ、芽衣が付き合っている、冬夜にそっくりなK高の彼は誰？
――『ふたりとも父さん似で、そっくりってよく言われる』
私は冬夜のそんなセリフを思い出して、弾かれたように立ち上がった。

四時間目が終わり、昼休みに入ってすぐ、芽衣の席に向かう。

芽衣が私を見て驚いた顔をした。

「雨月ちゃん、どうしたの？　そっちから来てくれるなんて珍しい！」

今日も綿あめみたいにかわいく笑って、うれしそうにはしゃぐ芽衣。

「あのね、大事な話があるの。ここじゃ話せないから、ちょっといいかな」

「え？　あ、うん、いいよ」

今までにない私の雰囲気に動揺を見せたものの、芽衣は素直に従ってくれた。

ふたりで校舎裏に行く。

フェンスの前に銀杏《いちょう》の木が生い茂っているこの場所は、閑散《かんさん》としていて、誰かに話を聞かれる心配がない。

「その、急な話で変に思うかもしれないけど、芽衣の彼氏の名前を教えて欲しいの」

「え？　市ヶ谷くんだけど。前に言わなかったっけ？」

「うん、苗字は知ってる。下の名前はなんていうの？」

「宵くん。夜の〝宵《よい》〟って字を書いて、〝しょう〟って読むの。でも、それがどうかした……？」

筋の見えない話に不安を覚えたのか、芽衣が勘繰《かんぐ》るような顔をした。

――やっぱり。

確信した私は、覚悟を決める。

冬夜について聞き出すには、お兄ちゃんが引きこもりだということを、芽衣に話すしかない。

芽衣に引かれたくなくて、お兄ちゃんのことをずっと隠してきたのに、必死になっている今はためらいなどなかった。

「……あのね。実は私のお兄ちゃん、引きこもりなの」

芽衣から目を逸らさず、私は続けた。

「高校の時に不登校になって、今は二十一歳だけど、大学に行ってないし、働いてもいないんだ」

「そうだったんだ……」

芽衣が目を丸くした。

「うん……。家族に迷惑ばかりかけているお兄ちゃんが、私はずっと大嫌いだった。

でも最近お兄ちゃんが引きこもりになった理由を知って、やっとお兄ちゃんの立場になって考えられるようになったの。あまりにもつらい理由だったから……」

真剣な顔で、相槌を打つ芽衣。

「お兄ちゃんは五年前に友達を亡くして、ショックから自分の殻に閉じこもってしまったらしいの。陸橋からの転落事故だったらしいんだけど……」

「五年前に、陸橋から……？」

芽衣の表情が凍りついた。

「それってまさか、市ヶ谷くんのお兄さんのこと？」

「知ってるの？」

芽衣が、ゆっくりとうなずいた。

「この間、休みの日に出かけようって市ヶ谷くんに誘われた話したでしょ？　行った場所、お兄さんのお墓だったの。そのとき、お兄さんが五年前に事故で亡くなったことを教えてくれたんだ。本当はずっとお墓参りに行きたかったけど、つらくて勇気が出なくて、でも私が一緒なら行けるかもしれないって思ったらしくて……」

冬夜のお墓なんて、想像しただけで悲しい。

冬夜の死を今も引きずっているのは、お兄ちゃんだけじゃなかった。

弟の宵くんも、ずっとずっと、果ての見えない闇の中を、もがき苦しみながら歩み続けていたのだろう。

毎朝私が電車の中で見ていたのは、宵くんだった。

あのアイロンし立てのYシャツみたいに爽やかな笑顔の裏で、彼がどれほどの孤独を抱えていたかを想像すると、胸が苦しい。

「芽衣、お願いがあるの。私、どうしても宵くんのお兄さんが亡くなった理由が知りたいの。理由を知ったら、お兄ちゃんを救えるような気がするから……。だからお願い、一度宵くんと話をさせて」

きっと今夜もあの陸橋に行けば、五年前に繋がる。

だから理由がはっきりわかれば、もしかしたら冬夜を救えるかもしれない。

冬夜を救えば、お兄ちゃんだけではなく、宵くんだって救える。

「お兄さんを亡くした宵くんには、つらい思いをさせてしまうけど……」

芽衣はしばらく複雑な表情を浮かべていたけど、やがて「わかった」と答えた。

それから、柔らかな笑みを向けてくる。

「こんな一生懸命な雨月ちゃん、初めて見たから。私、力になりたい。市ヶ谷くんも、きっとわかってくれるよ。引きこもりのお兄さんのことで、雨月ちゃんもずっとつらかったね、苦しかったね」

気遣うように言われ、心が激しく揺れた。

芽衣の目があんまり優しかったから。

心から私のことを大事に思ってくれていることが、真っすぐに伝わってきたから。

私は、芽衣の前で初めて自分を偽ることを忘れて、素直にうなずいた。

「うん……」

そう、つらかった。

誰かにわかって欲しかった。

ずっとずっと、打ち明けられる存在が欲しかった。

自分でも知らなかった心の声が、胸の奥からじわじわあふれ出ていく。

「雨月ちゃんがそうやってつらいこと話してくれて、うれしい。雨月ちゃんはいつも完璧で、私……心配だったんだ。かわいくて、勉強できて、誰の悪口も言わず、誰にでも優しくて……。自分の弱さを隠してるみたいで、どうして私に見せてくれないんだろうって、ずっと寂しかった」

「芽衣……」

思いもしなかった芽衣の言葉に、胸が震える。

こんなにも近くに理解者がいたのに、どうして気づかなかったのだろう?

芽衣のことを自分とは違う人種とか、嫌われたらどうしようとかばかり思っていた私は、本物のバカだ。

芽衣はちゃんと私のことを見てくれていたのに、私は芽衣のことを知ろうともしなかった。

勝手に決めつけて、周りが見えていなかった。

自分のことしか考えていなかった。

芽衣は前からそのことに気づいていたのだろう。

それでも気づかないフリをして、明るく接してくれていたんだ。

「……ありがとう。それに、ずっとごめんね」

「なんで謝るの？　こうやって雨月ちゃんが自分のことを話してくれて、本当にうれしいのに」

芽衣が、私を安心させるようにふわりと笑う。

おおらかなその態度に、私はまた、自分をひどく惨めでちっぽけな存在に感じた。

だけど、不思議と卑屈な気持ちにはならなかった。

芽衣のことを、前よりも理解したからだろう。

趣味も性格も違う私たちに共通点は少ないけど、お互いを思いやることならできる。

芽衣となら、この先、そうやって支え合っていけるかもしれない。

「市ヶ谷くんに連絡してみるね。会うのいつにする？」

「急で申し訳ないんだけど……今日の放課後にお願いできるかな？」

むしろ、今日しかない。

一日でも待ってしまったら、冬夜はこの世からいなくなってしまうのだから。

「わかった、聞いてみるね」

私の必死さが伝わったのか、芽衣はそれ以上深入りせず、彼氏に連絡してくれた。

急な話を宵くんが受けてくれるか不安だったけど、意外にもすぐに承諾してくれたらしい。

放課後、芽衣と一緒に、K高の最寄り駅で降りる。

向かったのは、駅前の公園だった。

パンダとトラの乗り物以外、遊具らしきものが見当たらないその小さな公園は、青々とした葉が生い茂る藤棚《ふじだな》が敷地の大半を占めていた。藤《ふじ》の咲く頃には、きれいな紫の天井に覆われるのだろう。

藤棚の下にはベンチが三つ並んでいて、そのひとつに、宵くんらしき人がいた。うつむき加減にスマホを見ている彼は、水色の長袖シャツにボーダーネクタイの、見慣れたK高の制服を着ている。

「市ヶ谷くん」

芽衣の声で、彼が顔を上げた。

冬夜とは違う真ん中分けの黒い前髪が、サラリと揺れる。

「いつも話してる、友達の雨月ちゃん。雨月ちゃん、この人が市ヶ谷くん」

宵くんが、私に向けてぺこりと頭を下げた。

私も、慌てて会釈《えしゃく》を返す。

「座ろう、雨月ちゃん」

「うん」

じっと私の様子をうかがっている宵くん。

遠目から見たら見間違うほど、やっぱり宵くんは冬夜によく似ていた。

背丈や体型が、私の知っている冬夜そのものなのだ。

だけど近くで見ると、冬夜ではないのがよくわかった。

冬夜は一重だったけど、宵くんは二重で、唇が冬夜よりも少し厚い。

何よりもその瞳の輝きが、まるで違った。

冬夜は深い闇色の瞳をしてたけど、宵くんの瞳は少し褐色《かっしょく》がかっていて、どこまでも澄んでいる。

「あの、急に無理を言って呼び出して、ごめんなさい」

「いえ、僕も兄のことが知りたかったので大丈夫です」

そう答えた彼は、裏表のなさそうな屈託のない笑みを私に向けてきた。

「僕、あなたのこと知ってます」

「え……？」

「朝、いつも同じ電車に乗ってますよね？　前にあの子かわいいって、前田《まえだ》が言ってたから」

　こちらに見向きもしないから、私のことなんて知らないだろうと思っていたけど、そうではなかったらしい。そして毎朝彼と一緒にいる、日焼けした運動部っぽい雰囲気の彼は、前田というようだ。

「なんだ。前田くん、雨月ちゃんのこと知ってたんだ。だからY女子の子を紹介してって言ったの？　断ったとき、実はショックだったのかな」

「たしかにY女子の子を紹介して、とは言ってたけど、雨月ちゃんが芽衣の友達だとは知らなかったんじゃないかな。僕も今初めて知ったし」

「そっか、そうだよね」

　和やかに会話をしている芽衣と宵くんは、すっかり心が通じ合っているようだ。

　ふたりともほのぼのしていて、はたから見てもお似合いのカップルだと思う。

　会話が一段落したところで、宵くんが真剣な顔をした。

「芽衣から聞きました。雨月ちゃんのお兄さんが、僕の兄の友達だったんですよね？」

「はい。佐原一輝っていうんですけど」

「そっか。兄ちゃんにも、ちゃんと友達がいたんだ」

泣いているように笑う宵くん。

悲しみの底を知っている人しか、できない笑い方だと思った。

彼がいまだ冬夜の死によって深い悲しみを引きずっているのがわかって、胸がズキリとする。

「兄は家で、何も話さない人だったんです。ご飯も家族とは別で、学校で何したとか、友達とどこに行ったとか、そういうのを一度も聞いたことがなくて。だから楽しい経験が何ひとつないまま死んでしまったんじゃないかと悲しかった。でもちゃんと友達がいたんだって知って、正直ホッとしてます」

言葉どおり、ほんの少しうれしそうな顔をする宵くん。

たしかに冬夜は、家では誰とも話さないと、前に言っていた。

家には居場所がなく、そんな自分の存在が、弟に申し訳ないとも……。

「……お兄さんのこと、大好きだったんですね」

そう言うと、宵くんは澄んだ目を見開き、そしてまた泣き笑いのような顔でこくっとうなずいた。

「私の兄も、お兄さんのこと、大好きだったんだと思うんです。お兄さんが亡くなってから、自分を見失ってしまうほどに」

冬夜は、考えただろうか。

自分の死が、こんなにも人に影響を与えてしまうことを。

きっと、考えなかったんじゃないかと思う。

そんなことを考える余裕がないくらい、追い詰められていたんだろう。

冬夜はどれほどの絶望の中で、自ら死を選んでしまったのだろうか。

知りたい。

少しでも、彼の孤独を理解したい。

「――すごくデリカシーのないことを聞くのはわかっています。でも、お兄さんがどうして亡くなってしまったのか、教えてもらえないでしょうか？　お兄さんのことを少しでも知って、兄を助けたいんです」

午後九時まであと五時間。

時間は、もうほとんど残されていない。

どうか間に合って欲しい。

すると宵くんは暗い顔をし、ゆっくりとかぶりを振った。

「わからないんです。さっきも言ったとおり、兄は家族に何も話さない人でした。学校では優等生で人気者で、何の問題もなかったらしく、本当に誰にも思い当たることがないんです。遺書もありませんでした」

苦しげに語る宵くん。

どうして冬夜が死ななければならなかったのか、宵くんが繰り返し悩んできたことが伝わってくる。

冬夜は、悲しいほど完璧に、死にたがりの本性を隠して生きていたらしい。

本当の彼がギリギリの状態だったことを知っている人は、五年前にはいなかったのだろう。

彼は本当の自分をひた隠しにして、ひとりぼっちで亡くなった。

だけど、今夜は違う。

私は、本当の冬夜を知っている。

彼の孤独を理解してあげられる。

それがどれほど途方のない苦しみだとしても、私のすべてを懸《か》けて、彼の絶望に寄り添ってみせる。

「市ヶ谷くん……」

うつむき肩を震わせた宵くんの手を、芽衣が握りしめた。

宵くんが、心の支えを求めるように、芽衣の小さな手のひらをぎゅっと握り返す。

「僕は、兄ちゃんが大好きだった。それなのに、どうしてあの頃、兄ちゃんの孤独に気づいてあげられなかったんだろう……」

悲壮《ひそう》な彼の声を聞いていたら、いたたまれなくなった。

固く閉ざされたお兄ちゃんの部屋のドアが頭に浮かぶ。

いつかの夜の、お兄ちゃんの叫び声を思い出す。

愚《おろ》かな私は逃げ出してしまったけど、お兄ちゃんはきっと、助けを求めていたんだ。

宵くんと同じように、繰り返し自分を責めて、心がボロボロになって……。

「自分を責めないでください」

気づけばそう言っていた。

「私の兄が引きこもりになったのも、お兄さんのことで、自分を責め続けた結果だと思うんです。私には、こんなことを言う資格はないけど……」

私だって、自分を大事にできなかったから。

「自分を大事にしてください。きっと、お兄さんもそれを望んでいると思います」

冬夜が宵くんをかわいがっていたことは知っている。

宵くんの話をするときだけは、どこかしら楽しそうだった。

優しい冬夜が、大好きな宵くんが苦しんでいるのを見て、喜ぶわけがない。

宵くんは潤《うる》んだ瞳で、食い入るように私を見つめた。

だけどやがて、気を取り直したように言う。

「わかりました。……ありがとう」

それでもやっぱりその声は、どこか泣いているようだった。
いつしか、空が朱色に染まっていた。
夜の訪れまで、あともう少し。
私は宵くんと芽衣とその場で別れ、電車に乗る。
揺れる車内で、窓の向こうの夕暮れの景色を眺めながら、冬夜のことを考えた。
冬夜が亡くなった本当の理由は、結局わからずじまいだ。
だけどはっきりと自覚できた。
冬夜は、死んではいけなかったって。
冬夜のいないこの世界では、たくさんの人が、いまだ彼の死にとらわれている。
永遠に朝のこない夜を、苦しみながら這いずり回っている。
そして何よりも、私の心が、彼を死なせないでと叫んでいる。
彼が必要だと泣いている。
――冬夜を救いたい。
自宅の最寄り駅に着くと、私はまっすぐにあの場所に向かった。
六時半から塾があるけど、今日は行こうなんて考えもしなかった。

塾をサボったのは初めてだ。

だけど冬夜の命が救えるなら、そんなことどうでもいい。

陸橋の真ん中、いつも冬夜がいるあたりに立つ。

欄干に手を置き、見慣れた景色が闇に沈んでいくのを見守った。

家々やビルが窓明かりを灯し、空には三日月が煌々と輝き始める。

吹く風にも、少しずつ夜の香りが入り混じってきた。

車道を行き交う車が、ぽつぽつとヘッドライトを点灯し始める。

飲食店の店舗看板が闇に浮かび、信号の赤や青が目立つようになった。

誰かの笑い声やため息が、夜の空気に落ちて消えていく。

午後九時すぎ。

固唾《かたず》をのみながら夜の景色を見ていた私は、三日月が半月に変化しているのに気づいた。

吹く風が、先ほどより冷たくなっている。

視界の先にあったタワーマンションが、いつの間にか消えていた。

ハッとした私は、すぐさま隣を見る。

――冬夜がいた。

まるで夜風が連れてきたみたいに、唐突に現れ、そして悲しげに遠くを見ている。

空も、星も、月も、雲も、夜のすべてが泣いているように感じた。

それくらい、欄干の向こうの夜の景色に目を奪われている彼は、横顔を悲しみでいっぱいにしていた。

「……っ」

見ているだけで、涙が込み上げてくる。

何が彼をここまで悲しませたのか。

深い絶望に突き落としたのか。

彼は以前、私に言ったことがある。

『自分をかわいそうにしているのは、本当は周りじゃなくて自分自身なんだから』って。

のちに彼は、あれは自分自身に言いたかった言葉なんだと告白した。

冬夜は、きっと優しすぎたのだ。

弱いのではなく優しすぎるから、すべてを自分のせいにして抱え込んでしまったんだ。

優しい人が枯れてしまう世界なんて、悲しい。

優しい人が花を咲かせられる世界であって欲しい。

たとえそれが、人知れずひっそりと、夜に咲く花であっても。

私は君のその小さな花を包み込んで、絶対に枯らしはしない。

どんな日照りの日も、雨の日も、雪の日も、守ってあげられるような人でありたい。

欄干に両手を置いた冬夜が、身を乗り出していく。

まるで、果てのない夜の海に、自分の居場所を求めるように――。

私は無我夢中で、彼の背中に抱き着いた。

驚いたように、彼が後ろを振り返る。

唇が動いて、おそらく私の名前をつぶやいたのだろうけど、必死のあまり聞き取れなかった。

ただ、泣いているような、夜風の音がしただけ。

重心を後ろにかけて、彼を欄干から引きはがす。

私たちは、共倒れするような形で、その場に倒れ込んだ。

彼の体温を制服のシャツ越しに感じたとき、そういえば、出会ったときもこんな状況だったと気づいた。

あのときは私が落ちそうになり、冬夜が助けてくれたから、今度は逆だ。

大丈夫、冬夜は生きている。

だって、こんなにも温かい。

消えてなんかいない。今、この腕の中にいる。

「ハア、ハア……」

息切れしながら体を起こした。

座り込んだ冬夜は、呆然としたように、地面に転がる私を見ている。

しばらくすると、目から音もなく涙をこぼした。

彼のなめらかな頬を滑る、一筋のしずく。

顎先から離れたそれは、闇の中でほのかな光を放ち、地面で弾けて消えた。

「なんで助けたんだよ……」

「助けないといけないから」

「どっちかが死んだら解散って言っただろ？　雨月が俺を助ける必要はない」

「でも、私だって冬夜に助けられた」

「あのときとは違う」

悲痛な面持ちで、冬夜がかぶりを振った。

「俺なんて、生きてる価値ないんだ」

何度も何度も、かぶりを振り続ける冬夜。まるで自分の存在そのものを拒絶するようなその行動を見ているだけで、胸がぎゅっと苦しくなる。

「昨日、ばあちゃんちの近所に住んでる人に聞いたんだ。母さんが、自殺だったってこと。産後うつだって言ってた。俺の存在が、母さんを殺したんだ……」

——ああ。

冬夜の絶望が、私の心にまっすぐ降ってきた。

産後うつとは、赤ちゃんを産んだあとに、精神が不安定になる病気だと聞いたことがある。

「生まれてこなければよかった……」

枯れることを知らないかのように、冬夜の目からあふれ続ける涙。

これでもかというほど、彼の悲しみが胸に刺さる。

冬夜がこんなにも悲しんでるのがつらい。

生まれてこなければよかったと思わせた世の中が憎い。

人間は、弱い生き物だ。深い絶望にとらわれてしまえば、もう逃げ場がない。

どんな前向きな言葉も、スカスカの意味を持たない音にしか聞こえないほどに。

視線の先に見えるのは、果てのない闇だけ——。

だけど。

「違う……」

私は泣きながら、声を絞り出した。

「そんなの、違う」

冬夜は、自分がいなくなった世界を知らないから。

どれほど周りの人が追い詰められ、苦しんで、冬夜のことを考えてもがき続けているか、知らないから。

私も死にたがりだったからわかるんだ。

私たちが求めていたのは、あんな空虚で残酷な世界じゃない。

「違わないよ」

どんなに強く否定しても、冬夜は聞き入れてくれなかった。

お母さんの死の原因を作ったという絶望だけが、彼の心を覆いつくしている。

「さようなら、雨月」

「待って！」

私は立ち上がろうとした冬夜の背中に抱き着いた。

「冬夜が好き」

自分でもまったく無意識に、言葉がこぼれ出ていく。

私の腕を振りほどこうとした冬夜の手が、ピクリと止まった。

「冬夜が好き。冬夜のいない世界なんて嫌なの。何も見えないし、何も聞こえないの。だから生きて、死なないで。死にたがりでも、苦しくても、それでも生きて。私がいるから。絶対にひとりにしないから……！」

こんなに大声で喚いたのは、生まれて初めてだった。

心の声のままに叫んだのも、生まれて初めてだ。

そして――誰かに必死に追い縋《すが》って、強く求めたのも。

冬夜は抵抗をやめたものの、こちらを振り返ろうとはしない。

肩を震わせ、ひどく悲しげに反論する。

「……でも、雨月だって、死にたがりだろ」

「私はもう、死にたがりじゃないの。冬夜がいてくれるなら、死にたいなんて思わない」

「……………」

「冬夜はそのままでいい。死にたがりでもいいの。死にたがりの冬夜のまま、私が全部受け止めてあげる」

たとえばそう、夜にしか咲かない花に、少しずつ水をあげるように。

誰にも気づかれなくても、いつかきっと、光の花を咲かせるから。

そうやって、君の心の拠りどころになりたい。

こんな強い自分が、死にたがりの心の奥に眠っていたなんて知らなかった。

冬夜は、しばらくそのまま、背中から私に抱きしめられていた。

だけどやがて、そろりとこちらを振り返る。

迷子の子どもみたいに、不安げで、今にも消えてしまいそうな表情。

夜露《よつゆ》に濡れた黒曜石《こくようせき》のような瞳が、じっと私を見た。

「……雨月は、いつからそんなに強くなったの？」

「冬夜に会ったからだよ」

笑顔を浮かべると、冬夜は潤んだ目を見開いて、それからすぐに下を向く。

「……本当に、そんなことで？」

「そんなことなんかじゃない。すごく、特別なことだよ」

死にたがりの君に会う夜が、楽しみだったこと。

君と出会って、知らない自分を知って、見えている世界が少しずつ変わったこと。

冬夜はしばらく目を伏せて何かを考え込んでいたけど、やがて泣いている顔を隠すように、私の肩口に額を預けた。

声を出さず、肩を震わせ、涙を流し続ける冬夜。

透明な夜に今にも溶けて消えてしまいそうなその背中を、私は優しく撫で続ける。

陸橋の下を行き交う、車のヘッドライトに、信号機の赤や青、店舗看板のネオン。

見慣れた夜の景色は今日も変わらないけど、こうやって支え合うようにして抱き合っている私たちは、少しでも変わることができただろうか？

闇という底なしの海に、溺れてしまわないように。

互いの存在を拠りどころとして、この先も、夜を乗り越えていけるだろうか？

「雨月、ずっとそばにいて……」

ぽつんとそうつぶやいた冬夜を、私はきつく抱きしめる。

彼のサラサラの黒髪が、頬に当たって心地いい。

「うん、いるよ」

——もしもこの先、会えなくても、遠くに行ってしまっても。

「ずっと、そばにいるから」

「うん」

「だから約束して、もうひとりで泣かないって」

「……わかった、約束する」

「うん」

「……俺も強くなりたい」

「ならなくていいよ。そのままでいいから」

「でも、かっこ悪いじゃん……」

グスッと鼻をすった彼は、拗ねているようなものの言い方をした。

ようやくどちらからともなく体を離したとき、私たちは涙でボロボロの顔を見合わせ、照れながら笑った。

「冬夜。そろそろ、帰ろうか？」

「……うん」

離れがたいとでもいうように、また私の肩口に顔をうずめる冬夜。

「今日は私が送るね。前に不安だったとき、冬夜が送ってくれたお礼だよ。手を繋いで、家の近くまで一緒に行ってあげる」

「俺、とことんまでかっこ悪いな」

冬夜が、困ったように笑う。

だけど手を伸ばして私の指先に触れてきたから、まんざらでもないのだろう。

私も、その手をそっと握り返した。

互いを支え合うようにして、立ち上がる。

そして私たちは、手を繋いだまま陸橋の階段を下りて、夜の街に降り立った。

今日もまた、夜が更けていく。

冬夜にとっては、いつもの夜の世界。

私にとっては、五年前の夜の世界。

前に、お兄ちゃんが言ってた。夜はお化けが出歩いてるけど、誰かと手を繋いでたら、大丈夫だって。子ども騙しとしか思えなかったけど、こうやって冬夜と手を繋いで歩いている今は、あながち嘘でもないと思い直す。前も、そうだったから。

冬夜のシャツの裾を握っている間だけ、五年の時を隔てて、彼と一緒にいることができた。

冬夜とどこかしら繋がっていたら、陸橋を越えても未来に引き戻されることなく、さらに遠くまで行けるらしい。

男の子と手を繋いで歩いたことなんて今までなくて、急に恥じらいが込み上げる。そういえばさっき告白したし、抱き合いもしたっけと、今さらのように穴があったら入りたくなった。

それは冬夜も同じだったようで、いつの間にか、気恥ずかしそうにうつむいている。

今は牛丼屋さんに変わっているうどん屋さんに、マンションが建つ前の空き地、最近あまり見なくなった俳優さんが写っている栄養ドリンクの看板。

改めて見ると、この世界は、私が知っている世界とは少し違っていた。

「家、どっち？」

「線路沿いにまっすぐ行って曲がったとこ。ちょっと遠いから、途中まででいいよ」

言葉ではそう言うものの、冬夜は私の手を強く握って、離そうとしない。

もうどこにも行かないで、とでも言うように。

もう、どこにも行かないよ。

そんな思いを込めて、私も彼の手のひらを強く握り返す。

歩道を行く私たちの横を、ガードレール越しに、車がビュンビュン通りすぎていった。

そのとき。

「キャーッ!!」

迫りくるエンジン音とともに悲鳴が聞こえてきて、背後に鮮烈《せんれつ》な光が射した。

とっさに後ろを振り返った私は、信じられない光景を目の当たりにして、呼吸を止める。

「え……?」

ヘッドライトを煌々と光らせたトラックが、ものすごい勢いで、みるみる私たちのもとに迫ってきていた。

あと数秒でぶつかる距離。

コンマ何秒かの思考時間で、もう逃げられないと判断した。

車道側にいる冬夜の姿が、目に飛び込んでくる。

私と同じく背後を振り返り、凍りついている冬夜は、唐突に訪れたこの状況がのみ込めていないようだ。

——まさか。

私は、瞬時にすべてを悟った。

冬夜は今夜、あの陸橋から転落して、死んでしまうはずだった。

だけど私が冬夜を助けたから、この先は、私の知っている世界とは変わってしまう。

でも、運命は変えられないとしたら？

一直線に冬夜めがけて突っ込んでくるトラックを視界におさめながら、そんな考えに至って、背筋がぞくっと震える。

運命が変えられない？

お兄ちゃんの生気を失った目と、青々とした藤棚の下で泣きそうに笑った宵くんの顔が、順に頭を駆け巡った。

——『じゃあさ、ほら、家着くまでここ持っといていいよ。そうすれば、雨月はひとりじゃないだろ？』

最後に頭の中いっぱいに浮かんだのは、目尻の下がった、冬夜の本当の笑顔。

——運命が変えられないなんてこと、あっていいわけがない。

私は繋いだ手をほどくと、冬夜の背中を力いっぱい押した。

よろめいた冬夜が、驚いた顔で私を見る。

視界のすべてが苛烈《かれつ》な光で埋め尽くされて、月も、星も、夜の景色も、彼の姿ですら、もう見えない。

ヘッドライトの真っ白な光の中で、覚悟を決めた私は、固く目を閉じた。

間もなくして全身を打ち砕いた、ドンッという衝撃音。

だけど体に痛みはなく、まるで他人事のように、私はどこか遠くからその音を聞いていた。

直後に意識が途切れ、世界が暗転する――……。


……――軽快なクラクションの音がした。

ハッとして目を開けた私は、今の状況がのみ込めず、呆然とする。

何事もなかったように車道を流れる車、通りすぎてはまたやってくるヘッドライトの光。

信号機の赤や青、暗闇の中煌々と輝く色とりどりの店舗看板。

そんないつもの平穏な夜の歩道に、私はひとりで立っていた。

手も足も動くし、どこも痛くない。

トラックに轢《ひ》かれた形跡なんて、まったくなかった。
それだけじゃない。
そばにいたはずの冬夜の姿も……どこにも見当たらなかった。
だけど右の手のひらには、まだ彼の温もりが残っている。
思ったより骨格の大きい手の感触も、はっきりと覚えている。
それなのに、彼はどこにもいない。
見上げたら、夜空には三日月が浮かんでいた。
冬夜と一緒にいたときは、たしか半月だったはずなのに……。
どうやら、五年後の夜に戻ってきてしまったようだ。
「私……」
空っぽの右手を見つめる。
全身から、サアーッと血の気が引いていった。
「冬夜の手、離した……」
私は大バカだ。
陸橋を離れていたのだから、冬夜の手をほどけば、私の体は五年後に戻されてしまう。
それなのに、あのときとっさに手を離し、冬夜を突き飛ばした。

トラックから、彼を守るために。

私が消えた五年前の世界では、トラックは私の残像をすり抜け、冬夜に激突しただろう。

「うそ……」

ショックのあまり立っていられなくなり、その場にしゃがみ込む。

動揺と後悔がないまぜになって、胸を圧迫した。

——もう、あとには戻れない。

私はもう二度と、冬夜に会うことができない。

今までとは比べものにならないほどの絶望に襲われ、全身から気力が抜けていく。

「う……、うぅ……っ」

正気など保てるはずもなく、私は道端にしゃがんだまま泣き崩れた。

助けることができたと思ったのに。

ひとりにしないって、約束したのに……。

そのときだった。

「雨月?」

背中から、どこかで聞いたような声がする。

あまりにも聞き覚えがある声。だけど——。

「お前、何やってんの？　塾の帰りか？」

——なんか、変だ。

涙で濡れた顔で、ゆっくりと声のしたほうを振り返った私は、瞬時にはすべてを理解することができなかった。

なぜなら、そこに立っていたのが、お兄ちゃんだったから。

ボサボサに伸びていた茶色の髪は、短くカットされている。

無精ひげもなくなって、ガリガリだった体型がややがっちりしていた。

そのうえ、オフホワイトのパーカーにデニム、黒のスニーカーという、見慣れない格好をしている。

まるで今どきの大学生みたいな雰囲気だった。

お兄ちゃんのようでお兄ちゃんじゃないような、不思議な人。

「おい、なんで何も答えないんだよ？　腹でも痛いのか？」

お兄ちゃんが訝しげに眉をしかめ、私と目線が合うようにしゃがみ込んだ。

顔がほんのり赤いから、もしかしたらお酒を飲んだのかもしれない。

私が涙顔なのに気づいていないのも、おそらく酔っているせいだろう。

お兄ちゃんの顔には、よく見ると、頬から顎にかけてうっすら傷痕があった。

「お兄ちゃん……」

「お、やっと喋った」

お兄ちゃんが、安心したように目を細める。

あのお兄ちゃんが、笑ってる……。

信じられなくて、夢でも見ているようだ。

「本当に、お兄ちゃん……？」

「何だよ、当たり前だろ？　お前、さっきから変だぞ。とりあえず、こんなところにしゃがんでたら変なやつだと思われるから、立てよ」

お兄ちゃんに腕をつかまれ、引っ張り上げられた。

立ち上がって初めて、お兄ちゃんの斜め後ろにいる人に気づく。

百八十センチ近くあるお兄ちゃんよりも、さらに少しだけ高い身長。

白いシャツに紺色のジャケットを羽織っていて、細身の黒ズボンの足はスラリと長い。

サラサラの黒髪に、アーモンド形の目、闇色の瞳。

筋の通った鼻梁に、形のよい唇。

今度こそ私は、しばらくの間、呼吸をすることすら忘れていた。

こちらにじっと視線を向けているその人に、胸がしめつけられるほど見覚えがあったからだ。

私が知っている彼よりは大人びていて、身長だって少し高いけど……。

「さっきまで、市ヶ谷と駅前で飲んでたんだ。会ったことあるよな？　あれ、なかったっけ？」

目の前で起きていることが信じられなくて、私はなかなか今の状況をのみ込めないでいた。

だけどそこで、呆然としている私に向かって、彼が微笑んだから。

私が動揺している理由のすべてをわかっているかのように、優しく微笑んだから。

私はかろうじて、首を縦に振ることができたんだ。

「……会ったこと、ある」

「やっぱそうだよな？　ていうかお前、市ヶ谷のこと見すぎだろ。久々に見たらイケメンで驚いた？」

冗談めかして明るく笑うお兄ちゃん。

「それもあるけど……お兄ちゃんにも驚いた」

「なんで毎朝会ってる俺に驚くの？　今日のお前、やっぱ変だな」

お兄ちゃんが、声を上げて笑った。

知らなかった。お兄ちゃんは、酔うと笑い上戸《じょうご》になるらしい。

それに笑うと、頬から顎にかけて走った傷がゆがむようだ。

今までのお兄ちゃんにはなかったもので、やっぱり違和感がある。

「……お兄ちゃん。その傷、どうしたの？」

「なんだよ、今さら」

怪訝そうな顔をするお兄ちゃん。

「五年前、トラックに撥《は》ねられたときの傷だよ。ちょうど、このあたりだったっけ？奇跡的に無事だったけど、ガードレールの破片にこすってドバドバ血が出たの、忘れたのか？」

酔った目をしたお兄ちゃんが、自分の傷痕を誇らしげに撫でながらそう言った。

着信音が鳴り、お兄ちゃんが慌てたようにズボンのポケットからスマホを取り出す。

どうやら、メッセージが届いたようだ。

「悪い、迎えに行かなきゃ。今、駅にいるらしい」

「彼女？」

斜め後ろにいる彼が聞くと、お兄ちゃんはちょっと照れたように「うん、まあ」と答えた。

「じゃあ、俺は駅に戻るから。市ヶ谷、ここで解散でいい？」

「いいよ。また飲みに行こうな」

「おう。雨月も早く帰れよ」

ブンブンと片手を振りながら駅のほうへと遠ざかっていったお兄ちゃんは、やがて人ごみにまぎれて見えなくなった。

いまだ頭で整理できなくて、私はお兄ちゃんが消えていった方向を、しばらくの間放心状態で見つめていた。

「一輝は覚えていないんだ、五年前に雨月を助けたこと」

ふいに落ちてきた、彼の声。

その声で私は、私たちの身に起こった不思議な出来事すべてについて、彼も知っているのだと確信した。

「私を、助けた……？」

ひとつ、うなずいて。

あの頃よりも大人になった冬夜が、話を続ける。

「あのとき、俺をかばった雨月を、塾帰りにここを通りかかった一輝が助けたんだ。一輝は撥ねられたけど、幸い軽傷で済んだ。でも、雨月がいたことは覚えていなかった」

優しい眼差しが私に向けられた。

「だけど俺は思うんだ。きっと一輝は、無意識のうちに、見えないはずの五年後の雨月を助けたんだろうって」

「お兄ちゃんが、私を……？」

死んでしまった貝のようにいつも固く閉ざされていた、お兄ちゃんの部屋のドアを思い出す。

家族を不幸にした自分勝手なお兄ちゃんが、私は大嫌いだった。

お兄ちゃんも、私のことなんてどうでもいいのだろうと思っていた。

だけど本当は、ずっとずっと、みんなに迷惑をかけて心苦しかったのかもしれない。

胸に熱いものが込み上げ、目元を潤ませる私を、冬夜はやっぱり優しい眼差しで見つめている。

その瞬間、脳裏に白い閃光《せんこう》が弾け、これまでの記憶が怒涛《どとう》のごとく頭の中に流れ込んできた。

「なに、これ……」

お兄ちゃんがトラックに轢かれたという連絡を受け、お母さんと一緒に急いで病院へ向かった、あの秋の夜。

お兄ちゃんは幸い顔を数針縫《ぬ》うだけで済んで、安心したのを覚えている。

つまりあのとき冬夜の手を離した私は、過去の世界から未来の世界へと引き戻されてしまった。

今に繋がる過去の世界にいたのは、何も知らない、小学五年生の私だけ。

お兄ちゃんは、その後高校を卒業して、地元の大学に進学した。大学に受かったとき、ケーキを買って、家族で盛大にお祝いした記憶もある。

新たな記憶の中のお兄ちゃんはいつも明るくて、楽しそうだった。

そして私は、〝お兄ちゃんの友達の市ヶ谷さん〟に何度か会ったことがある。軽く会釈する程度で、会話をした記憶なんてほとんどない。

もちろん、お兄ちゃんと同い年の、五歳も上の彼を特別な目で見たことも一度もなかった。

だけど、今は違う。

過去が変わったことで、私の記憶も新しくなった。

冬夜の死んだ世界にいた私の記憶が、冬夜の生きている世界で育った私の記憶と、同じ時間軸にたどり着いたことで重なったのだろう。

まるで、夢でも見ているのかのようだ。

震えながら、目の前に立つ彼を見つめる。

期待を込めた目でじっと私を見つめ返している彼も、そのことをわかっているようだった。

「……冬夜」

名前を呼ぶと、余裕の笑みから一転して、冬夜が泣きそうな顔をした。

た。

「……うん」

「あのとき、助かったんだね……」

「……そう。雨月と一輝が助けてくれたから」

そう言って冬夜は、泣きそうな顔のまま私に近づくと、手を伸ばして頬に触れてきた。

冬夜の手のひらの温かさに、今度は私のほうが泣きそうになる。

私は目を閉じ、素直に彼の温もりに身をゆだねた。

温かくて、脈打っていて、こんなにもしっかりと——彼は生きている。

色とりどりの光が星屑のように浮かんでは消えていく夜の街に埋もれることなく、地面に足をつけて生きている。

「ずっと、待ってたよ」

秋の夜風のような、静かだけど深みのある声だった。

「雨月が、俺の知ってる、死にたがりの雨月に戻る日を」

私は、自分の頬にある彼の手に、そっと自分の手を重ねた。

それから、ゆっくりとかぶりを振る。

「私は冬夜の知ってる雨月だけど、もう死にたがりじゃないよ」

すると冬夜は目を細めて、「そっか、そうだったな」とうれしそうに笑った。

「ずっと、あの夜の返事がしたかったんだ」

「うん」

「俺も、雨月が好きだよ」

「……うん」

「俺、雨月より五歳も年上だけど、いやじゃない？」

そんなふうに冗談を言う冬夜が愛《いと》しくて。

奇跡みたいなこの瞬間が幸せすぎて。

私は泣きながら「いやじゃないよ」と答えた。

すると冬夜は身をかがめて――涙まみれの私の唇に触れるだけのキスをした。

風が、どこからか夜の香りを運んでくる。

濡れた葉のような、甘い花のような、懐かしい香り。

心を満たす柔らかな余韻《よいん》を残して、唇が離れていった。

閉じた瞼をそっと開くと、目の前で、冬夜が子どもみたいに泣き濡れた顔をしている。

そんな彼に、五年前のあの日、陸橋の上で泣きじゃくっていた高校生の彼の姿が重なった。

見た目はあの頃よりずっと大人っぽくなったけど、中身は変わっていないのだと気づく。

孤独で、不器用で、でも優しくて――。

だから私は、そんな冬夜を、両手を広げてあの夜みたいにぎゅっと抱きしめた。

もう二度と、彼の心が、闇に沈んで消えてしまわないように。

八章　夜風のような君に恋をした

【冬夜side】

ある日突然、死にたがりの俺の前に現れた死にたがりの君は、ある日突然、俺の前から消えてしまった。

俺の手のひらに、柔らかな温もりだけを残して。

あの夜、俺を突き飛ばした雨月は、ヘッドライトの鮮烈な光に包まれてあっという間に見えなくなった。

だけどその直後、黒い影が彼女に重なって……。

──ドンッ！　バキバキッ！

──キキィィーーッ！

トラックがガードレールにぶつかる音と、けたたましいブレーキ音が、そこら中に響き渡る。

ようやく喧噪がやんだ頃、ガードレールを打ち砕いて歩道に乗り上げているトラックと、目の前に倒れている人影を見つけた。

雨月かと思って生きた心地がしなかったけど、違った。

茶色い短髪に、同じK高の制服。見覚えのある姿に、俺は顔面蒼白《そうはく》になる。

「一輝⁉」

急いで駆け寄ると、「う……ん」と一輝が唸りながら体を起こした。

「いてぇ……」

トラックがブレーキをかけたからか、ガードレールがあったからか、一輝が頑丈だったからか。

不幸中の幸いにも、一輝に意識はあるし、体も動かせるようだ。

だけど首のあたりが血で真っ赤に染まっていて、予断を許さない状況だった。

「きゃあっ、事故よ！」

「けが人がいるぞ！」

周りにいた人たちが、慌ててスマホで救急車を呼んでいるようだ。トラックの中から出てきた運転手が、頭を抱えている。

「一輝、大丈夫か？」

「顎のあたりが切れたみたいだ。喋ると痛いけど、そんなにたいした傷じゃないよ。それより、お前は大丈夫なのか……？」

「俺は、お前のおかげで何ともないよ。とにかく、救急車が来るまで動かないほうがいい」

申し訳ない気持ちでいっぱいになりながら、一輝に話しかける。

一輝は痛みをこらえるようにしながらも、うれしそうに笑っていた。

こんなときまで、俺のことが大好きらしい一輝。

純粋な気持ちに心打たれると同時に、そんなにも俺なんかを好いているのかと、どうしようもなく泣きたくなった。

そこで、大事なことを思い出す。

そうだ、雨月は？　無事なのか？

慌てて辺りを見回したけど、雨月の姿はどこにもない。撥ねられて車道のほうに飛ばされたのかもと、最悪の状況も考えたけど、そんな様子もなかった。

すぐ隣にいたはずの雨月は、この場から忽然と消えていた。

「どこに行った……？」

「どうした？」

「お前がかばった女の子がいただろ？　俺と一緒にいた……。どこにもいないんだ」

「女の子？　おい、大丈夫か？　お前はひとりで歩いていて、俺がかばったのはお前だよ」

怖そうな顔をする一輝を見て、俺は狐《きつね》につままれたような気分になる。

一輝には、雨月が見えていなかった……？

どういうことだ？

彼女は、俺にしか見えない幻だった？

そんなこと、あるわけがない。

手を繋いだときの感触を、こんなにもはっきり覚えているのだから。

――『冬夜が好き』

絶望の中に落ちてきた、陽だまりのような温かい声も、強く耳に残っている。

あのときの返事、まだしていないのに。

まるで夜風にさらわれたみたいに、俺の前からいなくなってしまった。

救急車が来た。

ストレッチャーに乗せられた一輝が、車内で救命士に処置をしてもらっている。

「いてて……」としきりに声を上げている一輝。

付き添いの俺はその脇に座り、そんな一輝の様子を見守っていた。

けたたましいサイレン音を響かせながら、車と車の間を縫うようにして、夜の道路を疾走《しっそう》する救急車。

まるで、夜風にでもなった気分だ。

雨月はどこに消えたんだろう？

救急車に乗り込む前、もう一度あたりを探したけど、やっぱりどこにもいなくて。

あんな一瞬に、どこに消えた？

そういえば、以前も同じようなことがあった。

振り返ると、あっという間に雨月がいなくなっていたんだ。

胸騒ぎを覚えながら、俺は雨月の行方《ゆくえ》を考え続けた。


大学付属病院に着くと、一輝はストレッチャーに乗せられたまま、救急処置室に運ばれていった。

俺は近くにある長椅子に座り、一輝の処置が終わるのを待つ。

いろいろなことが起こりすぎて、いまだに頭が混乱している。

三十分後。

黒髪ショートヘアの女の人が、夜間通用口から現れた。

焦った顔で、しきりに靴音を響かせている。

どことなく似ていたから、一輝の母さんだとすぐにわかった。

俺は長椅子から立ち上がると、一輝の母さんに向かって頭を下げた。

「同じクラスの市ヶ谷です。……すみません。一輝くんは、僕をかばって怪我をしたんです」

一輝の母さんは驚いたように俺を見ると、すぐに表情を和らげた。

「あなたが市ヶ谷くんね。お願いだから、頭なんて下げないで」

「でも……」

「大事には至らないって、病院から連絡を受けてるの。たとえ大怪我だったとしても、あなたのせいだとは思わないわ。いつも一輝と仲良くしてくれてありがとう」

優しくされると余計にいたたまれなくなり、俺は肩を落とす。

一輝にはこんな優しい母さんがいるんだって、非常時だというのに、うらやましくも思った。

そして雨月のいない今、俺はまたひとりになってしまったんだと思い知らされる。

雨月は、どこに消えてしまったんだろう？

お願いだから、そばにいて欲しい。

そのときふと、一輝の母さんの後ろに、小学生くらいの女の子がいるのが見えた。

一輝の妹だろうか。

その子は、おかっぱが伸びたような髪型をしていて、ロング丈のTシャツに、黒のスラックスを穿いていた。

黒い瞳が、少し怯えたように俺を見上げている。

ハッとした。

その目に、間違いなく見覚えがあったからだ。

彼女の脇のあたりを、一輝の母さんが肘《ひじ》でつつく。

「雨月、挨拶は？」

——ああ。

そのとき俺は、このあり得ない状況を、不思議なほどすんなりと理解した。

腑に落ちなかったすべてが、みるみる繋がっていく。

Y女子には存在しなかった〝雨月〟という名前の女の子。

存在していないんじゃない。まだ存在していなかっただけなんだ。

要するに君は、本当に夜の妖精だったのだろう。

俺の妄想なんかじゃなくて、間違いなく、夜の闇から現れていたんだ。

「あれ？　母さん？」

処置室のドアが開いて、頬をガーゼで覆った一輝が廊下に出てきた。

すぐに一輝のもとへと駆け寄る一輝の母さん。

「一輝、心配したのよ。大丈夫なの？」

「うん、大丈夫。でも、けっこうがっつり切れてたみたいで、七針縫ったって言われた」

「まあ、痛くなかった？」

「麻酔《ますい》したから痛くなかったよ。でもこれ、麻酔が切れたら痛くなるのかな。痛み止めって貰えると思う？」

「たぶん貰えるわ。とにかく、命に関わらなくてよかった……」

俺たちの背後で、ホッとしたような親子の会話が繰り広げられている。

だけど俺は、いまだ目の前の彼女に目を奪われ、一輝のほうを向けないでいた。

知らない高校生があまりにもじっと見てくるものだから、小さな雨月は怯えたように縮こまっている。

俺は何かを喋ろうとして口を開き、そしてすぐに閉じた。

今の彼女にかける言葉を、何も思いつかなかったからだ。

さんざん考えたあげく、いつかの彼女との会話を思い出す。

「〝かっぱ〜の〟見てる？」

小さな雨月は、露骨《ろこつ》に眉根を寄せた。

こんな状況下で、こいつどんな質問してんだって思ったんだろう。

「俺、君と同じくらいの年の弟がいるんだけど、毎日楽しみに見てるんだ」

すると、俺に弟がいることに安心したのか、おずおずしながらも彼女が答えてくれた。

「うん、見てる。最後の歌が好きだから」

まだ少しあどけない彼女の口調に、喜びと寂しさ、相反するふたつの気持ちが湧き起こる。

「あのエンディング、面白いよな」

俺は彼女の頭に、ポンと手を置いた。

不思議そうに俺を見上げている彼女の、小さな温もりが愛しくて遠い。

今日もまた、夜が更けていく。

あと何回夜を数えたら、君にあのときの返事ができるだろうか？


夜は延々と続き、先が見えない。

一年二年……と、繰り返し君のいない夜を過ごした。

朝が来て昼が来て、そしてまた俺たちの夜が来る。

毎夜のように、俺はひとり、もう二度と会えないかもしれない君を待っていた。

ときに、夜の空気に君の笑顔を探して。

ときに、夜風に君の声を探して。

そして迎えたあの夜——俺はようやく、路上にうずくまって泣き崩れている君を見つけたんだ。

俺だけが知っている、かつて死にたがりだった、愛しい君を。

君のきれいな命を、今度こそずっと、そばで見守りたい。

END

あとがき

夜に、惹かれます。

暗くて、見えなくて。どうしようもなく想像を掻き立てられます。

昼とは違う顔を持つ、夜という世界。

同じ世界なのに、違う世界って、考えてみたらパラレルワールドみたいですよね。

だから誰も知らないところで不思議なことが起こっていてもおかしくないのでは、と思ってしまいます。

雨月と冬夜は、そんな透明な夜に出会います。

後悔、友情、悲しみ、そして恋心。

さまざまな感情が闇に溶け、見えない力となって、ふたりを導きます。

正しいとされる生き方からちょっとでもはみ出したら、とたんに生きづらくなる、息苦しい時代です。

やりきれない思いを抱えながら生きている雨月や冬夜みたいな人は、この世にたくさんいるのではないでしょうか。

そういった方々の心の拠り所になってほしいと願いながら、この物語を書きました。

最後に謝辞を。

こちらの小説は、二〇二二年三月に発売した単行本を、文庫化していただいたものになります。

このような素晴らしい機会に恵まれ、出版関係者様、ならびにこの小説を気に入ってくださった読者様に、心よりお礼申し上げます。

文庫化にあたり、物語の声がより明確に伝わるよう、改稿を加えています。

また、新装版とのことで、久我山ぼん先生が新たな表紙イラストを描いてくださいました。久我山先生、美しいイラストを本当にありがとうございます。

初めて自著を出版していただいてからもうすぐ十年になりますが、書けば書くほど楽しく、奥が深くて、魅惑的な物書きの世界にどっぷり浸っています。

皆さまの心に響くような小説をお届けできるよう、これからも書き続けていきますので、またどこかでお会いできましたら幸いです。

ありがとうございました。

二〇二三年十一月二十八日　ユニモン

この物語はフィクションです。実在の人物、団体等とは一切関係がありません。

本作は二〇二二年三月に小社・単行本『夜を裂いて、ひとりぼっちの君を見つける。』として刊行された作品に、一部加筆・修正したものです。

ユニモン先生へのファンレターのあて先
〒104-0031　東京都中央区京橋1-3-1　八重洲口大栄ビル7F
スターツ出版(株) 書籍編集部 気付
ユニモン先生

夜を裂いて、ひとりぼっちの君を見つける。

2023年11月28日　初版第1刷発行

著　者　ユニモン

発 行 人　菊地修一
デザイン　カバー　齋藤知恵子
フォーマット　西村弘美
発 行 所　スターツ出版株式会社
〒104-0031
東京都中央区京橋1-3-1　八重洲口大栄ビル7F
TEL　出版マーケティンググループ　03-6202-0386
(ご注文等に関するお問い合わせ)
URL　https://starts-pub.jp/
印 刷 所　大日本印刷株式会社

Printed in Japan

ISBN　978-4-8137-1507-8　C0193

スターツ出版文庫　好評発売中!!

『きみは僕の夜に閃く花火だった』　此見《このみ》えこ・著

高二の夏休み、優秀な兄の受験勉強の邪魔になるからと田舎の叔母の家に行くことになった陽。家に居場所もなく叔母にも追い返され途方に暮れる陽の前に現れたのは、人懐っこく天真爛漫な女子高生・まつりだった。「じゃあ、うちに来ますか？その代わり――」彼女の“復讐計画”に協力することを条件に、不思議な同居生活が始まる。彼女が提示した同居のルールは――【1.同居を秘密にすること　2.わたしより先に寝ないこと　3.好きにならないこと】強引な彼女に振り回されるうち、いつしか陽は惹かれていくが、彼女のある秘密を知ってしまい…。

ISBN978-4-8137-1494-1／定価649円（本体590円+税10%）

『君の世界からわたしが消えても。』　羽衣音《はいね》ミカ・著

双子の姉である美月の恋人・奏汰に片想いする高２の葉月は、自分の気持ちを押し殺し、ふたりを応援している。しかし、美月と奏汰は事故に遭い、美月は亡くなり、奏汰は昏睡状態に陥った――。その後、奏汰は目覚めるが、美月以外の記憶を失っていて、葉月を“美月”と呼んだ。酷な現実に心を痛めながらも、美月のフリをして懸命に奏汰を支えようとする葉月だけれど…？　葉月の切ない気持ちに共感！

ISBN978-4-8137-1496-5／定価682円（本体620円+税10%）

『龍神と許嫁の赤い花印三～追放された一族～』　クレハ・著

龍神・波琉からミトへの愛は増すばかり。そんな中、天界から別の龍神・煌理が二人に会いに来る。煌理から明かされた、百年前にミトの一族が起こした事件の真相。そしてその事件の因縁から、天界を追放された元龍神・堕ち神がミトに襲い迫る。危険の最中、ミトは死後も波琉と天界に行ける“花の契り”の存在を知る。しかし、それは同時に輪廻の輪から外れ、家族との縁が完全に切れる契りだという…。最初は驚き、躊躇うミトだったが、波琉の優しく真っすぐな愛に心を決め――。「ミト、永遠を一緒に生きよう」

ISBN978-4-8137-1497-2／定価671円（本体610円+税10%）

『薄幸花嫁と鬼の幸せな契約結婚～揺らがぬ永久の愛～』　朝比奈希夜《あさひなきよ》・著

その身に蛇神を宿し、不幸を招くと虐げられて育った瑠璃子。ある日、川に身を投げようとしたところを美しい鬼のあやかしである紫明に救われ、二人は契約結婚を結ぶことになる。愛なき結婚のはずが、紫明に愛を注がれ、あやかし頭の妻となった瑠璃子は幸福な生活を送っていた。しかし、蛇神を狙う勢力が瑠璃子の周囲に手をだし始め――。「俺が必ずお前を救ってみせる。だから俺とともに生きてくれ」辛い運命を背負った少女が永久の愛を得る、和風あやかしシンデレラストーリー。

ISBN978-4-8137-1498-9／定価671円（本体610円+税10%）

スターツ出版文庫　好評発売中!!

『またね。～もう会えなくても、君との恋を忘れない～』　小桜菜々《こざくらなな》・著

もうすぐ高校生になる菜摘は、将来の夢も趣味も持たないまま、なんとなく日々を過ごしていた。そんな中、志望校の体験入学で先輩・大輔と出会い、一瞬で恋に落ちてしまう。偶然の再会を果たしたふたりの距離は、急速に近づいていって…。別れ際の大ちゃんからの“またね”は、いつしか菜摘にとって特別な言葉になっていた。そんなある日、両想いを夢見る菜摘の元に彼から、“彼女ができた”という突然の知らせが届いて…。切なすぎる恋の実話に涙が止まらない!!

ISBN978-4-8137-1482-8／定価704円（本体640円+税10%）

『冷酷な鬼は身籠り花嫁を溺愛する』　真崎奈南《まさきなな》・著

両親を失い、伯父の家で従姉妹・瑠花に虐げられる美織。ある日、一族に伝わる“鬼灯の簪”の封印を瑠花が解いてしまい、極上の美貌をもつ鬼の当主・魁が姿を現す。美織は、封印を解いた瑠花の身代わりとして鬼の生贄となるが——。冷酷で恐ろしいはずの魁は「この日が来るのを待ち焦がれていた」と美織をまるで宝物のように愛し、幸せを与えてくれる。しかし、人間があやかしの住む常世で生き続けるには、あやかしである魁の子を身籠る必要があると知り…。鬼の子を宿し運命が変わる、和風あやかしシンデレラ物語。

ISBN978-4-8137-1484-2／定価660円（本体600円+税10%）

『水龍の軍神は政略結婚で愛を誓う』　琴織《ことおり》ゆき・著

あやかしの能力を引き継ぐ“継叉”の一族にもかかわらず、それを持たずに生まれた絃はある事件をきっかけに強力な結界へ引き籠っていた。十八歳になったある日、絃の元へ突如縁談が舞い込んでくる。相手はなんと水龍の力をもつ最強の軍神、冷泉士琉だった。「愛している。どれだけ言葉を尽くそうと、足りないくらいに」愛などない政略結婚だったはずが、士琉は思いがけず、絃にあふれんばかりの愛を伝えてくれて——。一族から見放され、虐げられていた絃は、士琉からの愛に再び生きる希望を見出していく。

ISBN978-4-8137-1485-9／定価726円（本体660円+税10%）

『わたしを変えたありえない出会い』

この世界に運命の出会いなんて存在しないと思っている麻衣子（『そこにいただけの私たち』櫻いいよ）ひとり過ごす夜に孤独を感じる雫（『孤独泥棒』加賀美真也）ひとの心の声が聞こえてしまう成道（『残酷な世界に生きる僕たちは』紀本明）部活の先輩にひそかに憧れる結衣（『君声ノート』南雲一乃）姉の死をきっかけに自分に傷を付けてしまう寿璃（『君と痛みを分かち合いたい』響ぴあの）。そんな彼女らと、電車で出会った元同級生、家に入ってきた泥棒、部活の先輩が…。灰色な日常が、ちょっと不思議な出会いで色づく短編集。

ISBN978-4-8137-1495-8／定価715円（本体650円+税10%）

書店店頭にご希望の本がない場合は、書店にてご注文いただけます。